做诗心的女子

用诗意温煮人生

诗心 著

中国华侨出版社

图书在版编目（CIP）数据

做诗心的女子：用诗意温煮人生 / 诗心著 .—北京：
中国华侨出版社，2017.7

ISBN 978-7-5113-6912-3

Ⅰ . ①做… Ⅱ . ①诗… Ⅲ . ①散文集－中国－当代
Ⅳ . ① I267

中国版本图书馆 CIP 数据核字（2017）第 151950 号

做诗心的女子：用诗意温煮人生

著　　者 / 诗　心

责任编辑 / 桑梦娟

责任校对 / 王京燕

经　　销 / 新华书店

开　　本 / 880 毫米 ×1230 毫米　1/32　印张 / 8.5　字数 /232 千字

印　　刷 / 三河市华润印刷有限公司

版　　次 / 2017 年 9 月第 1 版　2017 年 9 月第 1 次印刷

书　　号 / ISBN 978-7-5113-6912-3

定　　价 / 36.00 元

中国华侨出版社　北京市朝阳区静安里 26 号通成达大厦 3 层　邮编：100028

法律顾问：陈鹰律师事务所

编辑部：（010）64443056　　64443979

发行部：（010）64443051　　传真：（010）64439708

网　　址：www.oveaschin.com

E-mail：oveaschin@sina.com

一直写着文字，一直默默被关注着。笔友们喜欢我的笔名——诗心。总觉得那文字，像极了诗心。其实我第一次遇见这两个字，也爱上了它，像青春里，对爱情懵懵懂懂的少女，遇到外表俊朗、干净的男子欲罢不能。想着，念着。

我忘记了是从哪本书中与它相遇。但我相信，世间所有的相遇，都是久别重逢。重逢的不仅仅是一个喜欢的人，还有，一阕词，一段音乐，一幅油画，路边的一朵野花……

生命里，一切美好的东西，真的是不能被忘记的。忘记瞬间的美好，就是与一次幸福的心境擦肩而过。生命的短暂，生命的无常，时间不停止的消逝，我更恋着生，恋着生命里最美好的东西。我一一把它们封存在我的记忆深处，装帧在一起，成为可待追忆的怀念。

诗心是内心里诗意的情怀。这种情怀，带着诗情，轻盈，温馨。它是春天大雁归来的欣喜；是夏天春日告别前的惋惜；是秋日花儿凋零的忧伤；是冬日雪花飞舞的爱恋。是"独在异乡为异客，每逢佳节倍思亲。"的乡愁；是"桃花潭水深千尺，不及汪伦送我情。"的情谊。这样的情怀，是人的心灵与大自然心灵的碰撞，是人的生命与大自然生命的交流。不愿与人诉说的喜怒哀乐，将心中的情，寄托于明月、春草、雪花、飞鸟，寄托于笔下源源不断流出的文字。

诗心。生命里诗意的生活。它是清高的，奢侈的，疏离于现实生活的。它不能给我们带来物质上的享受，满足不了贪欲。它是非物质的，存在于精神的世界里。那是一个人独有的，清寂的，不染尘埃的心灵生活。现实的残酷，人们的诗心，被世俗生活埋葬，早已经沉睡在喧嚣的世俗里。远离亲人时，我们不再想起"举头望明月，低头思故乡。"；

忧愁时，不再忆起"问君能有几多愁，恰似一江春水向东流。"；青春消逝，忘记了"流光容易把人抛，红了樱桃，绿了芭蕉。"……

诗心。它是精神的依托。只有精神高贵的人，才能拥有这份难得的情怀。不要让它沉睡了，它在等待，等待我们停下匆忙的步履，把它唤醒。来吧，来吧，诗意，离我们很近很近。用艺术的眼光过生活就够了。它就是路边的野花，天上的飞鸟，水中的鱼儿，天边的晚霞。

八月十五月圆之夜，暂且离开欢声笑语，走出屋外，仰头望月，欣赏久别的月光；下雨了，打着油纸伞，来到荷塘，听雨打荷叶声；拣拾起一片火红的枫叶，遥寄给远方的恋人，捎去心底浓浓的思念。雪花飞舞的季节，走出温暖如春的房间，伸出纤细的手，温暖飘落的雪花，问候一声，雪花，你好。

冬日里，守着炉火。抑或点起一盏红烛，来到陶渊明围着篱笆墙的院落，看着他的孩子在他身边嬉闹。闻着静夜的花香，欣赏洒满月光的花草。温一壶酒，和他在院中邀月同饮到深夜。走进王维的居所，坐在诗佛的身边，听他焚香读经。走进叶芝的文字，重温那首《当我们老了》的诗歌，给远方的她写一封信，告诉她，我更爱你苍老的容颜，执子之手，与子偕老。打开电脑，听一首古曲，铺开宣纸，画一朵心中的荷花。走进山中，静听溪水流淌。来到湖边，看晚霞飘落湖中的璀璨……

诗心是心灵的安顿。一个能够把心安顿在诗意生活中的人，也许，他很贫穷，很卑微。但他一定是精神上的贵族。她诗意地栖居，懂得用一颗艺术的心在生命的红尘里行走，回归到真实的生命里。他钟情于一切的美丽，热爱大自然中一切的美好。她享受生活，只享受心底那一份简单与淳朴。他或者她有一颗圣洁的心，如春水丰盈，润泽，艺术地活着，品味诗意带给自己美丽幸福的人生。

且让我们，怀揣一颗诗心，放慢生活的步伐，诗意地经营每一个日子。看花开，闻花香，坐看云卷云舒，品一阕词的深情哀怨。

这样的人生诗意的美好。我，喜欢，深深地喜欢。你呢？

诗心

丁酉年 北京

目
录

第一辑　花影

第二辑　流光

第三辑　初心

后记

第一辑　花影

春天来了，又去了。

独自花开，又花落。

玉兰花开

你听过花开的声音么？

花开时一定有声音的，我确信。单位后院种着几棵玉兰，品种各不同，今春，只有一棵开得最妖娆。站在落地窗前，我边喝着卡布奇诺，边赏着树上翩跹着的一只只白色蝴蝶。真的，很像蝴蝶，白色的，支棱着翅膀，轻落树枝间。也像，穿着白色芭蕾舞裙的舞者，踮起脚尖，张开双臂独舞。那棵玉兰树，是天然的舞台，蓝天是背景，阳光呢，更像台上的灯光。玉兰花沐浴在春风里，享受蓝天下的那抹暖阳。

起身，走到楼下。阳光明媚得很。站在玉兰花树下。草地上，点缀着零星的绿。新生的小草，可爱地钻出了头，这一小簇，那一小簇。玉兰花瓣，小勺一般静静地躺在那抹绿里。我拾起一片片的花瓣，手上，顿时薄凉，哦，还有淡淡的香。那花瓣薄如蝶翅，如丝绸光滑，乖巧地躺在我的掌心。不大一会儿，我的手上又开了一朵朵的玉兰花。

不经意间，我看见玉兰花苞脱落的硬壳，毛茸茸的，孤零零地躺在草地上。它的壳已经裂开了。旁边还有一个壳，一毫米的厚度，褐色，坚硬地倒在它的旁边，不同的是，光秃秃的。我试图把它合成花苞的形状，可它坚硬的怎么也掰不动。我把这两个小东西放在掌心，端详良久。娇嫩的花苞，冲破如此坚硬的壳……玉兰花开一定有声音的。我在想。你瞧，孕育了整个冬天，它饱满了，憋足了劲，一，二，三，以不可阻挡之势，冲了出去，"砰"地一声，壳子断裂，花朵绽开，"啪嗒"一声落地。这洁白的花朵，简直就像新生的婴儿，在母亲的阵痛中，冲出母体降落人间。

入春以来，我时常绕到后院看玉兰，从花苞，到冒出个头，然后绽放。我追随了玉兰整个春天。小小的发现，都让我惊喜了好一阵。花开的声音，一定在暗夜，星光下。它把最初的羞涩，送给星星、月亮，把清晨的惊喜送给赏花人。在人们熟睡之时，成熟的玉兰，开了。在你的不经意间，又花开一树。

我把凋落的花瓣，一瓣一瓣摆满咖啡杯的托盘。红边的瓷盘衬着白色的花瓣，我的书桌一下子生动起来。在写字台前习字，玉兰花香一阵阵飘来，甜甜的味道。零落成泥碾作尘，只有香如故。还真是。也许是白天，尘世喧嚣，也许是玉兰长得太高的缘故，在玉兰花树下，我没有闻到满树的花香。本以为凋落的花瓣不再芳香四溢，不是的，那味道，因为近，才更香。虽然，它离开了它的根，但是，它依然香如故。那是玉兰花以另一种生命的形式存在。一片花瓣，并不因为残缺而消沉、而放弃了对生命的热爱。它一如既往拼着力气绽放它的春天，直到老去。一朵花是一个春天，一片花瓣何尝不是一朵花、一个春天呢？

我爱极了这轻灵的花朵，也深爱余韵犹存的花瓣。

第一次知道玉兰花，还小。无意中在父亲的书柜里看到一篇中篇小说，从维熙写的《大墙下的红玉兰》。因为喜欢这本书的名字，而喜欢了这篇小说。父亲告诉我，那是从维熙的代表作，属于伤痕文学……小说读了两遍，看得泪流满面。我的眼前，总是出现夜幕降临，大墙下，滴上鲜血的白玉兰。

因了一篇小说的缘，认识了玉兰，也爱上这早春的花朵。冬末初春，耐不住寂寞的它，不等绿叶长出，率先长了花。有资料说，因其花"色白微碧，香味似兰"，故称玉兰。而我却觉得，玉兰有兰花的淡雅，玉的晶莹，而叫玉兰更为妥帖。

玉兰，先长花再长叶。桃花、迎春也是。早春的花大概都是如此吧。倒有些先声夺人的味道。有花语说，玉兰代表纯洁的爱情。其实，我倒不这样认为。热恋中的人送花都是送玫瑰的。新婚时送花，送百合，代表百年好合。不管是什么原因，我倒真没有见过送玉兰的。这样的花语是人们对爱情纯洁的希冀吧。

清明节。天沉着脸。难怪杜牧说，路上行人欲断魂。昏暗的天，再明媚的心，也难以承受这样沉闷天气的浸染。傍晚，细雨纷纷。站在窗前，我倒真有些担心玉兰花了。不知它是否安好？

晚饭后，打着伞，走了两站路，到了单位后院。那些洁白的花朵，高昂着头，吮吸着春天的甘露，欢笑着。我捡起被春雨打湿的落花，装在袋子里，不想让娇嫩的花儿零落成泥。天，渐渐黑了，白色的花朵，被轻轻蒙上一层黑色的纱，若隐若现的，美极了。

告别了玉兰，雨仍旧在下。街上霓虹闪烁，地上映满灯光。雨中的玉兰花，映在我的心里，开在我的手上。一朵朵的花开，一片片的花落。

那花

注意那些花很久。我叫不出花儿的名字，像唢呐，像喇叭，我唤作喇叭花。误以为芙蓉的，其实不是。友是花痴，懂花的。她认识许多花儿，远在郊外的房子，有一个小院。她在院中种了许多的花。那日，和友街边行走，偶遇那花，她告诉我，那是秫秸花。生僻、饶舌的名字。我念了几遍，终于记住了它。

秫秸花，乡土气息浓郁的名字。也是我的童年，经常遇见的花。

北京西站出发的火车途经的地方，有一间宽大的灰色瓦房。房子处于低洼处。房后的坡上，是一条狭窄柏油马路。房子西面与铁路离得很近。我不知道，人为什么会把房子建在那里。是喜欢嘈杂的声音？是喜欢火车的轰鸣？不过，那时，北京西站未建。铁轨上行走一辆辆货车，车里装着黑得不能再黑的煤炭。究竟送到哪里，我并不知晓。

印象中，房子后身，一条狭窄柏油小路边坐落一间小站，五六平方米的样子。火车通过时，从小站走出穿着制服的老年男子，站在小站的前面，吹响口哨。然后，黑白相间的两根木制木杆降落。东西行驶的车子、人流顿时停下，等候火车通过。没有人交谈。人们不约而同地注视火车，从眼前咣当咣当驶过。偶尔，火车不驶向远方，通过路口向南行驶几百米，然后倒车。木杆提起，两边行人蜂拥而过。一个沉积岁月的小站，小站旁的铁轨被磨得锃亮，石板坑坑洼洼。自行车、三轮车从路口通过，不停发出咯噔咯噔的声响。

这是怎样一户人家，孤零零寄居于此地？许是太孤单寂寞吧。我从未看见从门内出来晃动的人影。

房屋东面墙根下，一个供人休憩的深灰色石墩，平整光滑。石墩一米多处，生长着几棵秋秸花。不过，那时，我还叫它喇叭花。粉的花，寂寞开着。

田间玩耍，我总是望向那花。硕大，孤单，不好看。毕竟是花，乡村田野，被着了色。不美。没有人花下驻足。这些花们，像涂了厚厚大红唇膏的媒婆，擦了粉红脸蛋，站在自家门前，美美地咧着嘴笑着。

瓦房前面，是一片绿油油的田野，广阔的田野。田野间坐落几户坐西朝东的人家。我儿时的玩伴——东的家就在那里。

田野西面十几米就是铁路。

那时还小。

田野，铁轨，火车，站台，人家，池塘，还有那花，一股脑儿装进儿时记忆。

不知那几株花，是特意种植，还是风吹来的种子，生根、发芽、长花。花，面朝南，朝花暮落。

田野种植红色萝卜，绿油油的叶子，讨人喜爱。夏日，萝卜丰收季节。下午三四点钟光景，母亲和其他农人下地收萝卜。

心疼母亲。放学，写完作业，帮助母亲做农活，农活干完，和母亲好早些回家。

途经那户人家，少有人影，像一个人烟荒芜的小岛。却见那花，安静伫立。犹记得，房前有水塘。水塘极大。夏日，零星的荷花，开在水面。那花不发一言，守护池塘。在素洁的荷花面前，不卑微，你开你的，我开我的。

夕阳下，农人田野忙碌的身影，被朝霞染红。偶尔，火车轰鸣而过。我帮助母亲拔萝卜。土地潮湿，泥巴沾了鞋子。母亲蹲在一旁麻利地扯上几根稻草，把几根萝卜放在上面，迅速打个结，插进草里。我学着母亲的样子捆萝卜，怎么也绑不好。累了，拔一根萝卜，跑到水沟边，洗净，剥皮，咬一口，清爽甘甜。

今夏，留意那花，误以为是被历代诗人歌之咏之的芙蓉。不是芙蓉，是秋葵花。

秋葵花，秋葵花。我轻轻唤它。

难怪！极像。同属锦葵科。

人到中年，方知道它的名字。

想起那灰墙灰瓦寂寞人家。那开在他家池塘畔的"喇叭花"。那远离喧嚣的花。

还是不起眼。然，依然开着自己的花。

没人认识它。

我生活的园子，上了年纪的老妇人，如我，据形，称它喇叭花。年轻的朋友从没留意过它。即使从它身边走过。的确是丑，吸引不了过客的目光。

我开始注意那花。

京开高速路边是它。居住的园子楼角是它。单位附近花园里是它。

花儿不美，名字不少。一丈红、斗篷花、吴葵、蜀葵、大麦熟花……

丑陋的花。花瓣不多，纹路不少，粗糙得不行。再看那叶，纹路深，叶面凹凸不平，像老人皲裂的手。无论是叶还是花，要多粗糙有多粗糙。

秋秸花，不像玉兰高贵素洁。花谢了，连叶子也好看，好花有好叶。不像牡丹雍容华贵，圆明园单设牡丹园供它风光。不像油菜花，人们赶赴远方，专程看它。

再看秋秸花。谁注意它？疯长的枝干，丑陋的叶，丑陋的花。儿时，我为什么会注意那几株花呢？路边的野花，虽小却美。而这花，傻乎乎戳在那里，哪会有人采？

友说，秋秸花太张扬，一点儿也不内敛。

你瞧！

像个傻姑，插着腰，阳光下，无所畏惧地开。笨笨的，傻傻的，又憨厚，又热情。

真敢开，不是大红，大粉，就是大白，大紫。不艺术，不浪漫。香么，一点点。花蕊不含蓄，颜色不协调。

它不在乎别人评价，不爱慕那些虚荣。你爱，或者不爱我，我就在那里，不悲不喜。

一种怎样的坚持？

上帝为你关上一扇们，就会为你打开一扇窗。不是么？牡丹、玉兰、桃花、海棠……那些漂亮的花儿们，开得美，凋落得也快。它呢，从六月开始，灿烂地开啊开，一直开到八月。不讨喜。越开，开得越欢，开得越长。我思故我在。

高贵是活，卑微也是活。人生一世，最幸福的，是，活着，为自己活着。

别小看那花。

根：清热，解毒，排脓，利尿。

子：利尿通淋。

花：解毒散结。

花、叶：外用治烧烫伤。

秋葵花低贱么？不！它凝聚生命中所有华美，全部装饰内心。捧出一身的宝。

以貌取人，我看轻了那花。

秋葵花，坚持着，生存着。

2009年，秋葵花当选山西朔州市市花。

秋葵花，终于，迎来自己的春天。

被埋没的花。

晏殊有词，黄蜀葵花开应候。李弥逊有词，为君小摘蜀葵黄。包恢有诗，暮开红菡萏，朝发白蜀葵……

念荷

冬日晨读，李璟《山花子》。

菡萏香销翠叶残，西风愁起绿波间。还与韶光共憔悴，不堪看。

细雨梦回鸡塞远，小楼吹彻玉笙寒。多少泪珠何限恨，倚阑干。

菡萏，是荷花。

想念荷花。

那一年夏天，第一次去圆明园看荷。荷疯长，开了满湖。硕大的叶，轻灵的朵，配上湖岸红衣女子悠扬琵琶曲，人如入荷花仙境。爱了荷的，从此，每年夏天必去看荷。情人般，约会。在湖边散步，听荷开，看叶长。孕育一年，终于开了，铺天盖地之势。湖边的茎一人高，顶着花。如此盛大的荷事。

一阕词，竟然勾起心间的情愫。

谐趣园，坐落于颐和园内。灰色逶迤的墙体，独有江南园林味道。墙内有竹，也有荷。

荷未开，铺了满池的叶。

园子不大，坐在长廊里，看荷叶翩翩。成群的小金鱼水里游，穿梭在荷叶间，欢快且自由。念及汉乐府《采莲歌》。江南可采莲，莲叶何田田，鱼戏莲叶间。鱼戏莲叶东，鱼戏莲叶西，鱼戏莲叶南，鱼戏莲叶北。如若心有灵犀，水中的鱼儿定会听得到我心里的吟诵。

圆明园的荷太壮观，游人也多，吵了荷的安静。荷的开，多了浮躁，少了安稳。倒不如不远处，弯曲红色长廊下的，小巧的睡莲，静静开。小叶小花，玲珑精致。赏的人却少。

一片湖，荷舒展开叶子，花挺立水面，扬起明媚的花朵。有摄影师为荷拍照，有游客与荷合影。睡莲内敛，叶和花浮在水中，的确是清净如莲。冷冷清清。我躲避人流，在小桥驻足，迎着夏风，低头赏睡莲。

荷本是清扬之物，独自欢，独自喜。圆明园的荷，在芸芸众生面前，不得不被沾染，红尘中浮躁之气。荷，大家闺秀。睡莲，小家碧玉。用荷与睡莲形容红楼梦中人物，薛宝钗是荷，潇湘妃子林黛玉可称睡莲吧。

莫奈晚年痴迷睡莲。他油彩下的睡莲，在光与影里，绚丽色彩下，这一簇，那一簇的，静静开，美得无语。莫奈的一生，在他的艺术里追求与坚持，老了，心沉下来，与睡莲握手言欢。

北京莲花池公园有荷，北海有荷，陶然亭也有荷。

儿时记忆，西二环与西客站之间，有一片水池，池中的水，钻进小桥，流进护城河里。那片水池，初夏开始，零零落落的荷叶漂在水上。偶有荷花盛开。只几朵。

周敦颐写荷最有名，"予独爱莲之出淤泥而不染，濯清涟而不妖，中通外直，不蔓不枝，香远溢清，亭亭净植，可远观而不可亵玩焉。"送给儿时的荷花恰到好处。周遭环境不佳，只那么几朵，在污浊的水池里孤寂地开。认识荷，源于这片池塘。池塘填平了，桥消失了，荷花还在，开在我的记忆里。

看荷，还是要到谐趣园。园子里安静。你看到的不仅仅是荷花，还有荷花的魂。适合一个人去看，坐在长廊里，眼神与荷相握。荷的高洁，澄澈，全在心里了。耳边有禅音，纯净的音乐，正应了心中的景。

雨中看荷，一直是我的心愿。至今未成行。

岁末，一年终。

来年盛夏，雨中，一定，看，荷，去。

也看过枯荷。在后海。成片的枯荷。韶光憔悴。曾经沧海难为水。焦黄的叶，垂下头的莲蓬，一片的狼藉。惨不忍睹。曾经有多风光，现在有多落寞，大自然的规律，抗拒不得。一年四季常开不败，再高洁之物，日日地看，也会被厌倦。荷的沧桑绝对是美的，枯成一把风骨。风日洒然。

李商隐有诗云："秋阴不散霜飞晚，留得残荷听雨声。"最喜这句。雨滴枯荷，该是怎样一番心境，方可听得到其清脆之声？嘀嗒，嘀嗒。

雨敲荷叶，想必是雨嘀嗒在绿色里，溶于叶脉啪嗒啪嗒声吧。

唯有心安，方可听得见其声。唯有心美，方可听出其韵律之动听。

李璟《山花子》中，多了些荷花凋零悲壮情绪，他在借荷抒意，多少泪珠何限恨，倚阑干的孤独念远之情。不忍看荷花瘦骨，不忍听寒笙呜咽。女子的幽怨跃然纸上。

李商隐的枯荷听雨，是孤苦飘零时，慰藉自己的清韵。

不大喜亦不大悲，是人生境界。享受得了繁华，享受得了寂寞。荣辱不惊，淡然处之。

去北京时代美术馆看展，有枯荷插在花瓶里，摆放雕塑旁。有作家家中饰物，特意摆了几枝枯荷。落寞么？不。是心音。什么也不必说，什么又都说了。

荷花，无论荣枯，自有其美。

看荷的人，看的是荷花的轻灵曼妙。

爱荷的人，爱其出淤泥而不染，洁净芬芳的品性。

我，爱荷。

老了，远离市区，选择一处安静乡村院落住下，挖一个小池塘，或者，买一个很大的青花瓷缸，养荷。看荷叶慢慢铺排，看小荷才露尖尖角。看花销叶残，听雨打荷叶声。最好，院中有梵音缭绕。

也画荷。

在荷的世界里，禅修。修成一杆风骨来。

想着，心里全是美意。

岁末，念荷。

牡丹

　　寻了牡丹而去，想看一看被誉为"国色天香"的花。我只在书画中见了牡丹的国色，还真没有实地见过它。友人去景山赏花，我追问有没有牡丹，他说，有。好生羡慕。心里有些痒，急急地想目睹牡丹的国色。从未如此期待看一种花，唯有这牡丹。

　　四月，洛阳的牡丹开得最旺。计划跑去洛阳看牡丹。终归离北京遥远，假期短不得不放弃。

　　友说，北京也有牡丹，何必跑到洛阳。我说，北京的牡丹，再开也开不过洛阳，洛阳的牡丹最正宗。

　　提到洛阳，想到的一定是牡丹。似乎这牡丹成为洛阳的代言。

　　在我的文字里，我为北京的市花鸣不平。我说，如果北京的月季，被贴上"国色天香"的标签，牡丹也不再国色天香。友说，春天，你还是亲眼看一看牡丹，恐怕会改变你的看法。

　　我盼着春天，牡丹的花开。

　　对牡丹的好奇，源于读过的一个故事。

　　相传，武则天想冬日游览后苑，要求百花连夜发，莫待晓风吹。百花不敢违旨，一夜发蕊开花。次日，武则天游玩后苑，只见千红万紫，芳菲满目，单单牡丹不肯奉承，连一片叶儿也没长。武则天大怒，将牡丹贬于洛阳。因此，洛阳的牡丹冠于天下。谁也没有想到，牡丹流放洛阳，竟然如鱼得水，开得欢。

如果，武则天知道洛阳的牡丹，开得更美更欢，心里喜欢，恐怕也不好意思再请回京城。泼出去的水，收是收不回来。即使武则天愿意请，牡丹也不一定回。她倔强。既然你贬了我，索性，远离京城躲个清静。

牡丹，刚正不阿的性格，我喜欢。不趋炎附势，多么难得。

四月，我的心蠢蠢欲动。今年的春天，我要看牡丹。

暖融融的春日，约了人踏青。植物园满是赏花的人。真不知道我是看花，还是看人。躲开熙熙攘攘的人群，竟然误入牡丹园。我还没有找它，牡丹开在我面前。它们长在一片山坡上。远远地看到硕大富贵的花朵，来不及看说明，深信，那，一定是牡丹。我拾级而上。一棵一棵的牡丹，散落在园子里。不像月季，成片，密密麻麻长在一起。近距离看牡丹，美得有些罪的花朵，害得我的心扑腾跳个不停。第一次，为一种花的美，扰乱了心智。如果牡丹是个女子，我是男子，肯定一见钟情，彻夜不眠。济南趵突泉的菊花，和眼前的牡丹一样硕大，也没令我这个爱花的人触目惊心。唯独这牡丹，一下子惊呆了我。一个字，媚。两个字，惊艳。在牡丹面前，我不得不承认，牡丹，的确配得上国色天香。

牡丹的颜色真是不少，白、红、粉……时间游到四月末，很多的花朵已经衰败，花瓣散落一地。看来，牡丹盛开了一些时日。游览牡丹园，花香到处是。难怪皮日休诗中写道："落尽残红始吐芳"。阳光下，一股浓郁的，甜甜的香，弥漫得到处是。一朵白色的牡丹，黄色花蕊之上，竟然趴着四只小蜜蜂。它们不顾旁人的赏，自顾自，尽情地闻着花香，迟迟不肯离去。

雍容华贵，送给牡丹恰到的好。花朵硕大，不说雍容怎么能行？花瓣薄得不能再薄，光滑的像冰凉的绸缎，怎么能说它不华贵？我看了这一朵，很美。看了那一朵，也很美。我不停地为牡丹拍照，怎么拍也拍不够。

我不敢在牡丹面前留影，没有谁能美得过牡丹。章子怡？巩俐……我还是摇了摇头。范冰冰？也不行。看到在牡丹花前拍照的女子，女人的貌在牡丹的花容面前，一下子逊了色。我不敢描写牡丹的姿容，任何的文字，在牡丹花容前，也淡了颜色。

牡丹，国色天香，送给它，再合适不过。目睹牡丹的风姿，不得不说，我错怪了牡丹。这花的的确确是，国——色——天——香。

提起牡丹，人们想到洛阳，也会想到那个死在马嵬坡的女子——杨贵妃。

谪仙人李白在《清平调》一诗中写道："云想衣裳花想容，春风拂槛露华浓。若非群玉山头见，会向瑶台月下逢。"此诗，巧妙地赞美了杨贵妃，艳丽有如牡丹。

中国古代，杨贵妃喻为牡丹，还真合适。如果貂蝉比作牡丹，万万不可。杨贵妃，大唐的女子，生长在以丰腴为美的朝代，配得上牡丹花朵的盛大。貂蝉可不行，清瘦，怎么也不能和牡丹扯上关系。不是说貂蝉不美，而是不够丰腴。

牡丹看不够，一个人跑到圆明园看牡丹。含经殿种了一大片。简直是，牡丹花的海洋。可惜，绿肥红瘦，满地残花堆积，憔悴损。唯有零星的花朵，在静逸的遗址里绽放最后的异彩。花残，香浓。可怜的牡丹，花期短的可怜，零落成泥碾作尘，只有香如故。它以生命的芬芳，倾诉曾经的璀璨夺目。

我错怪了牡丹。多少大诗人为牡丹留下诗句"阅尽大千真世界，牡丹终古是花王"、"富贵风流拔等伦，百花低首拜芳尘"、"唯有牡丹真国色，花开时节动京城"、"竞夸天下无双艳，独立人间第一香"……诗人笔下，牡丹的地位不用言，不用言。

见证牡丹的美。我爱了牡丹硕大的花，浓郁的香，雍容大度，花开富贵。它，不阿谀奉承，孤傲。牡丹，花美，性子真。我爱极了它。

月季

月季啊，我说它是带刺的"玫瑰"。北京大街小巷随处可见的朵儿。它多，它低眉，乃至如泥土遍生的草，被忽略，被遗忘。三月看桃花，四月看牡丹，六月赏荷，深秋赏菊。什么季节赏什么花，人们提起这些花事，总是头头是道。然，这月季，连个赏它的月份也没有。因了她花期长，也是，人总喜欢尝个鲜，这月季，再美，天天看，审美也会疲劳。

物以稀为贵，说得真对。

许是北京城到处点缀着月季，日日见，习以为常。许是它不如牡丹华贵，不如梅花高洁，不如兰花清幽的缘故。古人留给它的文字还真不多。可怜的月季，墙里开花墙外香。殊不知，这并不太为人关注的花儿，是花中皇后，中国十大名花之一。它并不比牡丹、玫瑰、菊花逊色。杨万里有诗道："只到花无十日红，此花无日不春风。"苏东坡也赞美它："花落花开不间断，春来春去不相关。"

古老的北京城里，月季花太多，多得人们顾不得珍惜，宁可四月大老远地跑去洛阳，也不赏赏北京城里的月季。看那梅花，严冬里开；那菊花，百花凋零时它艳。这样的小女子，想不爱它们也不行。可月季，不管不顾的，总开个没完没了，就像新嫁娘，迫不及待地自己掀开了红盖头。

北京二环隔离带到处是月季。风中，雨中，深秋里随处可见。它足有一人来高，简直是个亭亭玉立的少女。倾心于它，还是它妖艳的色——鹅黄。黄中略过轻微的藕荷色。如云飘过。迷了它。每次开车从二环经过，我一定目不转睛望向它。一墙又一墙的月季，一朵又一朵地开。不管不顾，飞扬跋扈地开着。你不是不赏我么？我为自己开，开给自己看。

我是真爱隔离带上的月季呢。粉、白、紫红……触目惊心。这四个字形容月季一点也不过分。它再也不是戴着纯棉围巾的村妇。它整了容化了妆，华美得不逊色于牡丹。甚至比牡丹还要美。鹅黄，我一见倾心。每一次，相见，别离。我总是心里赞叹，好美的月季啊！我在自己的文字里写到过鹅黄。是的。就是它。友种植月季。她说，一人高的月季是培植而来，鹅黄色也是。不知哪位园丁的巧手，嫁接出漂亮的鹅黄色。鹅黄。多么阳光，多么靓丽。这样的色，该是出现在深宫庭院，闺阁中的女人着这样的衫子行走老宅子，别有一番风情在。或者，舞娘穿了这样的衣，舞一曲《霓裳羽衣舞》，何尝不是深宫里盛开的一朵月季呢？我对月季的青睐，源于鹅黄。少有的花的色。

女人是爱花的。花的色，要么浓艳，要么淡雅，要么单一。再美的花朵，总留些小小的遗憾。培植出这么亮丽的鹅黄想必不易。说它培植而来，那种黄绝不是单一，明艳的黄。它黄得柔媚，浓稠。鹅黄上的淡藕荷，应该是杂交的结果。也曾看过一个外国小故事。政府要以重金奖励种出黑色金盏花的人。一个老妇人决定培植这样的花朵。她每一次选择颜色最重的花的种子留下，再种。再从颜色重的花朵中选择种子留下。一年又一年。她终于种出了黑色金盏花。科技的发达，不用许多年的努力培植一种颜色的花朵。而培植并种下鹅黄色月季的人，我想一定也是爱花之人。一双巧手，种下这么漂亮的花朵拿给世人看。

二环隔离带的月季开得鲜活。简直囊括了各种花朵的颜色。它的色并不单纯。花朵的中间，花朵的边沿，掺杂其他的色。像极了舞者的裙。光鲜的，亮丽的。它在阳光下，风雨中翩翩起舞。车匆匆而过声，飞机划过天际声，偶尔的鸣笛声，风声，雨声，都在为它击节而歌。

月季花开，开在隔离带里。她不悲观，不失落。有那么多人看，有什么不好。

远比花坛中的月季美上上千倍呢！

多年前，单位办公大楼前有一坛月季。一坛低矮的月季。月季的品种单一，只有紫红，粉色。花坛被一个看门的老人照顾着。老人姓李，个子不高，清瘦，嗓门出奇的大。我时常见他拿着黑色的皮管子往花坛里浇水。月季在他的精心照顾下长得真是好。人是有花缘的。他有养花的命。濒临死亡的花朵，经过他的手总能起死回生。他一直独身。为什么？谁也不知道原因。许是他把花当作自己的情人来爱吧。那样的精心、耐心、爱心、细心。后来，他离开单位。那坛月季再怎么被照顾，还是一天天枯萎下去。

花坛里的花朵是被宠爱的妃子，有多幸福就有多落寞。街边的月季是宫外的女人，吸着汽车尾气，被噪音骚扰，在风吹雨打中，平平淡淡过一生。

家附近的隔离带更是精致。近两米宽的隔离带上，有白色门状花架。春天过后，月季开始生长。夏日，月季花顺着栏杆向上边爬边开。简直是一个用月季花装饰的门。我在外国油画作品中看见的美景，生活中不期而遇。心欢喜。

这么美的月季你能不喜欢它，不爱它么？

月季除了隆冬季节，月月花开。单位楼前的月季简直坚持到最后了。硕大的红色花朵，安然伫立寒风中。我弯下腰，轻触花瓣，花瓣支棱着叶子，一动不动。冻僵了的月季依然怒放。这坚强的花朵，耐寒、耐旱。真是花中之神呢。

牡丹、荷花、菊花，是娇滴滴的江南女子，清秀，内敛。月季，更像北方的女子，大气，豪爽。既然开了，不管不顾的，开它一月又一月，开到荼靡花事了。

木槿

是该写一写木槿了。

认识它也就一年吧。

我居住的南城的园子，有连翘、桃树、玉兰、龙爪槐、女贞、冬青、蜀葵、低矮的小喇叭花。还有一些蔬菜。是一层住户，在自己楼前开辟出一方空地，种上老倭瓜、青葱、韭菜。周末的时候，我到附近菜市场买菜，偶尔遇见白皙干净的老年女子，提着水桶在菜园浇地。我看着她弯着身子，为小菜苗浇水。她冲我微笑，偶尔交谈两句。其实，园子不远处，一个很大的早市。之所以称为早市，一是露天市场，二是过了中午十二点，所有的摊位全部撤走，留下掰剩下的粗枝烂叶，待清洁工人收拾。早市的菜又便宜又新鲜。来自农民自家种的环保蔬菜，吃不了来卖。多数是从附近批发市场批发的。一层住户一家一家的开辟一方天地，吃不重要，更多的是享受田园之乐。

我说的木槿，生长在这个园子里。在一层住户开辟的田园不远处。园子是新开发四五年的小区，我搬来的时间不长。那棵木槿先于我生活在这里。

什么时候开始注意木槿的，说不清了。究其原因，应是枝上紫色的朵儿吸引了我。

从小区门口到我居住的楼房之间，有几条不同的路，我选择一条幽深，弯曲的红砖小路。这样一走就是两年，固定不变。选择这条路，原因是树，还有树间每天清晨飞动的鸟儿的影儿。我喜欢看树。

也是突然钟情于植物。一群静默的生命。很独自地活着。许是年龄渐长，赏阅几十年的人生风雨，越发地爱着承载灵性的草儿，树们，花儿的。树木有情。冬去，天暖，植物复苏，发芽长叶开花。秋一来，叶落了，渐渐凋零成一地枯黄。其实，我挺羡慕植物的。无言却有情，忠诚。开花给人看，结果给人吃，即使清汤挂面的，夏天也会送出一片绿荫。特别是，树的生命在轮回中一年年过。真不像人的生命，有去无回的。只有一次，唯一的一次。

我说的木槿，幽居在楼房一角，我必经的途中。瘦高，小叶，枝桠多。叶子小，叶边锯齿状，像西芹的叶子。不过，叶子可没有西芹的叶子油亮光滑，挺粗糙的。枝干也是，疙疙瘩瘩，像一个个的小猴子。锦葵科的植物总是这样，外形不细腻，性格拘谨，不喜喧哗。

越看木槿，越觉得它适合生长在江南。我向往的江南，小桥流水的江南。木槿，太安静，太内敛，太清瘦。虽是一株植物，却懂得慢生活。

进入七月，木槿慢慢悠悠地开了。不过，去年七月木槿花开，我还不知道它的名字。每天与它相遇，我不由自主停在树下，看看花儿。朵儿挺大的，藕荷色。我记得小的时候，百货商场文具柜台，有卖皱纹纸的，红的、黄的、紫的、粉的。新年，学校会买一些皱纹纸，做成拉花，或者一朵朵的小花。那个时候，做花，基本是使用这种材质的纸。皱纹纸打开，裁成方形，几个正方形叠加在一起，前后对折，用线在中间捆绑，再把两个顶端剪成喜欢的形状。打开后，一朵花就做好了。越看那花，越像用紫色皱纹纸做成的花朵，一朵朵绑在上面的。

说来巧合，去年八月，和友到颐和园看桂花。我们是从东宫门进去的，在通往谐趣园一条安静的小路上，遇见枝桠间开放的紫色花朵。我告诉友，我家的园子也有这花儿。友说，那是木槿，30年前，我亲自在自己的庭院种过一棵。哦，木槿。我听说过这花，原来是这种花型的朵儿。

木槿，好听的花儿名。我的朋友中也有名字带"槿"的。不过不是木字旁的槿。如果取个槿字做名字，还是木字旁的自然。王字旁的瑾太俗气，人本是与树木同生的，终归要回到大地中去，木字旁的槿最接地气，与万物同在，自自然然活着多好。玉不堪一击，稍有闪失，碎掉了，像脆弱的生命。玉再美再珍贵，也不像树木坚强。

园中有几棵木槿，每一棵幽居在楼角，居在女贞中间。不注意，发现不了木槿的存在。朵儿不是招摇的色，谁还会注意它呢？我观察过，从木槿身边走过的人，没有一个人抬起头看看它，更没有人花下停留赏花，或者拍照的。我写过秋秸花儿，秋秸花儿的命运也是如此。

冬去春来，万物复苏。从春天的第一朵花儿开始，迎春、连翘，连不起眼的小野花都成了手机里的主角。这么大朵的木槿，怎么入不了人们的眼呢？审美疲劳有之，春伊始的热情减退有之。是啊，飘不过来一缕清香，怎么吸引别人的注意呢？钟情采蜜的蜜蜂也没见在木槿花儿上停留。

这是花儿的命。有些花儿是被赞美的，有些花儿是被遗忘的，有些花儿生来富贵的，有些花儿生来清贫的。花儿有花命，人何尝不是呢？

还不认识木槿，我已经喜欢它了。喜欢它雅静的色。

紫色的朵儿，不妖娆曼妙，不馥郁夺人，安静地落在枝上。尽管被冷落，却阳光地开着。我观察过，接触阳光最多的枝，最先开花。南面的枝花儿多，北面的枝花少。木槿啊，花儿要么就不开，要开就一朵接一朵地开。

紫色真是好看。

去蓝调庄园看薰衣草，如海的紫，温婉浪漫。从此，爱上紫色。

第一次穿紫衣。淡紫色。一向不喜欢的紫，穿在身上一样的美。衣服是穿在身上的灵魂。衣服不言，你喜欢它，它会善待你。像植物，你给植物浇水洗叶，它蓬勃生长，感恩你的爱。

单位附近有个极小的花园。花园里有蔷薇、月季、桃花、秋秸花。隐藏园中深处的木槿先于我居住的园子开了花儿。好深沉的木槿。把自己开在小径深处。只顾看花，再看时，我惊讶了。那是一棵倾斜的木槿，与地面成45度角。树干歪了，依然发芽、长叶、开花。好顽强的生命，像健全的木槿，开着紫色的花儿，一点儿也不逊色。

居住的园中，木槿结了花苞。一个枝间，长着四五个花苞。也就两三天的时间，木槿接二连三地开了。不过，不是成簇的开。你开一朵，我开一朵，它开一朵。一棵树上，用不了几天，花开满树。

木槿。一样的树种，有早开的花儿，有晚开的花儿。极像人生。每个人都是一朵花儿，花期不同，早开是花儿，晚开也是花儿。

木槿别名——朝开暮落花。顾名思义，早晨开花，晚间凋落。无所畏惧。花朵凋谢，为了更绚烂地开。生就是死，死就是生。像太阳，像四季生生不息。朝开暮落花，这个名字也好，有性格，有禅意。

被遗忘，历史悠久的朵儿。

木槿最早出于《诗经》。

"有女同车，颜如舜华，将翱将翔，佩玉琼琚"其中的"舜"字，为木槿。可惜的是，被晋的菊，唐的牡丹，宋的梅掩映了光华。然，它不悲观失意，独活着。

木槿，隐者也。红尘道场，择静而居，潜心修行，深藏不露。

木槿花含蛋白质、粗纤维、维生素C、氨基酸等，营养价值极高。

木槿花汁，止渴醒脑。

木槿的花、果、根、皮、叶可入药，防病毒性疾病，降低胆固醇。

木槿，由内而外的美，不自知，有多美多高贵！像极历经坎坷，阅尽人生的女子，淡泊了心性，从容优雅过生活。如若转世做一朵花，我选择木槿，只做木槿，在鲜为人知的地方，寂静无声，开着自己的花。

栀子

栀子，一盆待开的花。

在安妮的文字里，我知道世间还有一种称作栀子的花。

栀子，如同"栀"这个字，生疏，不常见。

他说，他养的栀子开了花。他拍了照片给我。一种栽在花盆里的花。他说，我的院子满是栀子花香。我闻不到香，却看到洁白的花朵。

安妮说，乡下外婆家的院子里，就有一棵很大的栀子树。

哦，栀子，可成树，也可种在花盆里。

周末。

清晨，到离家很近的露天早市买菜。

门口，一个木制长木板手推车。车上摆满各种花。不，还是说摆满绿色植物准确。到处是绿。即使是花，也等待开。

"卖栀子了"，瘦黑老者吆喝。声音不大，也许周遭环境嘈杂。

栀子？一阵惊喜。我停止前行的脚步。

木板车下，有几盆花，唯有一盆开着一朵白色花。

老者说，栀子，大盆38元，小盆20元。

我低下头观看。这是安妮提到的栀子？是远方的他家中养的栀子？

老者见我犹疑，说，大盆的栀子是新培育的，朵大，特香。他用一个"特"修饰。大盆的栀子，开着花，大黄杏一般大小。好洁白的花朵！

老者弯下腰，端起花盆，请我闻香。我怎么没有闻到香？

老者问，没有闻到？我摇头。他又端着花盆举到我面前。我用心闻，真香！

老者建议买大盆的花。拿不动，我说。我选择小盆。他说，买小盆不给你便宜了，送一袋花肥吧。

小盆的栀子，淳朴，不事雕琢，本真。大盆的栀子，少了素朴的美。我想看的是原始的花。不过，我没有对老者说。

没买菜，倒买了一盆栀子花。

安妮说，夏天盛开的时候，有馥郁芬芳的芳香。馥郁，形容香气浓厚。初闻，怎么没有闻到？这馥郁，为什么要凑近鼻尖使劲闻？

想着，走着。走着，想着。

哦。却原来，安妮外婆家的院子，要比菜市场门口的面积小很多。院子收香。

如声音，同样的旋律，大厅拢音，声音在露天流浪，跑得到处是。

栀子，小户人家，未出阁的女子，深深庭院，尽显其端庄与秀美。

栀子，生活在我的家中，与绿萝紧邻。

每周浇两次水。等待花开。

依然是青翠的叶。花骨朵儿不见长大。

卖花的老者说，快要花开时，施肥。用一点儿肥，放在碗里搅拌，再放进花盆里。花肥有点点浅红。施了肥。

等待。

依然。

没有一朵花开。

心有些急。

上网。

网上说，栀子花喜欢温暖湿润气候和微酸性水土，适宜生活在南方。在北方，栀子花需要精心看护，否则就会出现面黄肌瘦，开花少，重则香消玉殒。

还说，栀子花喜光，长期在半阴处也能生长，但花枝较长，花朵较少。

北方不适宜栀子。

栀子要在北方健康生活，需要精心。

想起他们。一对一起生活近两年的小夫妻，北京与西安的联姻。

饭桌，他给她夹菜，看着，我幸福着他们的幸福。

她说，生活在一起，深感地域不同引发不适。他超爱吃辣。我一点儿辣不吃。菜怎么做？

就像南方的栀子，偏偏生长在北方，一定要精心，栀子才会开花。

爱吃辣的男子，将就不吃辣的女子。不吃辣的女子，适应吃辣的男子。婚姻会长久。

我把花盆搬到书房，窗台上。

绿，脆生生。

不知何时能开花？

等待。

漫长。

一个花骨朵儿，越来越饱满。底端泛着浅浅的黄。

每天下班，放下书包，第一件事，看栀子花蕾长没长大。

夜沉沉。天气预报说有大风。持续到夜间十一点。

窗外，静悄悄。风未来。

却见，栀子花苞变了形。

这，这，是它么？它多苗条，亭亭玉立。怎么变成锥子形？查看一个个花蕾。没错，就是它。

夜更深，无睡意。

我和他躺在床上，看着窗外天空的深蓝，西边天际最亮，昏黄的星，说着陈年旧事，那些恋爱时光。

你听，栀子要开花。

起身，灯亮。

果然，花苞咧开嘴。

哎，栀子要开花。我唤他。

我们一起看花。

终于开花了，他说，你盼了好多时日。

睡。无法安稳。清醒时起身看花。

凌晨，不到五点。

一个萼片向外张开。

不到半个小时的时间，再看，花朵周围，张开三个萼片。萼片中间包裹的白色花朵，微微裂开婴儿般的小嘴，从上往下看，花朵有了层次。

栀子，有个性的花。不开则已，要开，就飞快地开。稍不留神，魔法般变了样子。

傍晚，满屋花香，我对他说。

可惜了，要上班，想带着它去，又担心伤害这么娇贵的花。

惋惜，我看不见栀子一点点开花。

取了一个便笺，提笔留下几个字：我不在，你要花开。贴在花盆上。

栀子花，开了。

洁白的一朵，绽放枝头。浓浓的香，湿答答的花瓣，鲜亮柔软，新生儿般倚靠绿枝间。

记得旧时，远方的他说，养了一盆栀子，栀子花开。他拍了照片给我。

如今，人去，好久不见。

拍了照片发过去。写道：栀子花开，小欢喜。

他说，素洁的花朵。如初见的你。

往事，点点滴滴，濡湿了记忆。

栀子花开。

花开的喜悦。

还有，久违的，淡淡的回忆。如那浓得化不开的情谊，深深，深深，游进心里，很轻，也很柔……

见桂

王维有诗，人闲桂花落。方知世间，有名为桂花的植物。也听说有桂花糕，并没有留意。即使吃过，也不记得。有缘千里来相会，无缘对面不相识。不过，我只是在文字里遇见"桂花"二字。桂花的花形并不知晓。

现在，网络方便快捷，手机有消息，颐和园举办桂花节。所展桂花，百年老桂，值得一看。准备看桂花。不是为到园子里寻雅，确实想认识它。在人世走一遭，连个桂花都没见过，小小的遗憾。说起桂花，和栀子一样，不适宜北方生长。温暖湿润条件下生长的植物，在北方不可能遍地开花。

上网看花型，厚重的四片花瓣，金灿灿的花，不美丽。中国十大名花，收入桂花。

看到消息准备去的。节外生枝，故宫书画院正在举办故宫藏书画展，而且，已接近尾声。再不去，恐怕看不上古人真迹。看桂花迟一个星期再去也不迟。

周末，秋天了，天气好得不行，赶上夏季的炎热。坐上直达颐和园的地铁，还好。地铁上人多得并不恐慌。在北宫门下车，出了地铁，走不多远就是颐和园。

颐和园北门，人并不多，好生欢喜。无论到哪里，最怕的两个字：人多。特别是旅游景点，哪里是看景，分明是看人。人身居嘈杂环境，不养心。

东宫门有桂花展。看了路标，大约1380米。于是，我和友按照路标一路向东而去。这是一条较为安静的路。说它安静，相对而言，没有旅游大部队的熙熙攘攘。上边是幽静小路，下边是苏州街。很短，不长，有游客在狭窄回廊间行走，有船只驶过，有买卖货物的商人和顾客。此景，再现苏州繁华街道。我两次到苏州，看的是苏州的皮毛。颐和园的苏州街，不过一个现实版的微型翻版，取的就是一个意。苏州街与真正的苏州，没有可比性。真正的苏州，不仅仅是园林，更是土生土长，原汁原味的百姓生活。

和友说着闲话，竟然偶遇谐趣园。有些心惊。我轻念，谐趣园。圆明园有谐趣园，颐和园也有一个谐趣园？

来颐和园很多次，多是在长廊和昆明湖，或万寿山行走。却没有曲径通幽，遇见谐趣园。原来，颐和园的谐趣园，是乾隆仿无锡惠山脚下的寄畅园建造。

顺着花瓶样式的小门进去，曲折回廊，坐着三三两两在这里休息的人。我一眼望见了秋天里还旺盛的荷叶。荷花开过，荷叶依然青翠。我爱荷。刹那间，眼睛里微微的潮。不知怎么了，人伤感时流泪，我却与别人不同，看到喜爱之物，会高兴泪流。友说，人们本是深爱荷花，却被李商隐留得残荷听雨声的著名诗句浸染，也爱上残荷。我说，留得残荷听雨声，人们爱的是生活的意境，内心的闲适。

我们寻了一处看荷叶风景最佳的角落，坐在红柱，绿色长廊小憩。远处，绿油油的睡莲，挨挨挤挤，苍翠欲滴，还是那么生机勃勃。湖面有小小的浮萍，浮萍下面，枝枝蔓蔓纠缠在一起，也不知浮萍上黄色小花是什么花，星星点点地开着。有趣的是湖中爱吃面包的鱼儿。坐在我们不远处的年轻女孩子，扔下去一些面包渣滓，鱼儿争先恐后，拼命争抢食物。一会儿成群结队游到这里，一会儿又游到那里，欢快得不成样子。鱼戏莲叶间。不！鱼戏食物间。

坐在谐趣园里，看硕大荷叶你挨着我，我靠着你。看湖上有些衰败的残荷。突然想，如果有一天，天下起雨，我也要走进颐和园，坐在这里，听雨打残荷声。最纯美的音乐，是自然之声，纯天然的声音最悦耳清澈。人们爱班得瑞的音乐，爱的不是这纯净的声音么？

谐趣园里，一棵百年老树，斜卧于水面，几根铁柱，支撑它沉重树冠。看树形，分明是狂风刮倒，然后不管不顾继续生长。根部裸露，被砍伐多余枝杈，残余下的根部遍布苍老记忆。树冠柳条苍翠，却不茂密，与秋无关。生命有限，树命再长，终有长不出叶子的时候。这样的消退缓慢，从茂密，到稀疏，然后和泥土告别。或早或晚。终要诀别。

涵远堂是谐趣园正殿，里面陈列并售卖仿清瓷器、字画。年龄越长，心越沉浸在书法瓷器厚重、安静的文化里。在里面逐一观看，特别是仿清瓷器，花纹细腻，或者着色清冽。尽管仿制，但造型不亚于真品，自有观赏美学价值。

想来，乾隆皇帝喜欢江南风景，摘其中喜爱园林，在颐和园内建造，人在京城，如在江南。品味的不是江南风柔雨媚，而是水乡风情。特别是波纹状白墙灰瓦，不高，却厚，弯弯曲曲，极有韵致。墙里种植丛丛绿竹，独有江南园林秀美之姿。

圆明园也有谐趣园，如今已经是断壁残垣。所剩残破不堪之景，想象其昔日建筑高大宏伟。如果，圆明园的谐趣园尚存，定是富丽堂皇，做工精益。不过，更喜欢颐和园的谐趣园，素朴真实。如果说，圆明园里的谐趣园是大家闺秀，那么颐和园的谐趣园就是小家碧玉。去见桂花，误入谐趣园。恰似东晋陶渊明笔下的武陵人，偶遇了桃花源。

在园子里待了很长时间，不愿离去。离开谐趣园，宛如离开婉约江南，恋恋不舍。一路向东寻桂而去。陈旧风景随处可见，如水墨铺展。

到了东宫门。

桂花呢？除了散落在这里的游人，任何的树木没有花颜。不禁大为失意。友说，这是桂花。低头看去，哪里是花，除了细碎枯萎的褐色残留物，却见一米多高，绿色小片叶子间悬挂的"桂花"二字。没有百年老桂苍老粗壮树干。确实是赏花时日，但桂花凋落，如此之迅疾。等不到我来一见，自顾自地花开又花落。寻了工作人员问去。她说，花已开过。随后，她带我们走进另一个庭院，说，你看，这是桂花。再见那桂花，小得不能再小，像婴儿小拇指的指甲。艳艳的黄，藏于绿叶间，只一小朵，不仔细看，发现不了它。惊异，桂花如此之小。好一朵袖珍花。端详桂花，一股股清凉的香，竟然呼地飘来。真香！友说。如此小的花，竟然胜过硕大牡丹的香。桂子花开，十里飘香。桂花已谢，残香依然。

桂花，的确不美，扔在百花丛里，无处可寻。可是，它香，它可入药、美颜、冲泡，做桂花糕。它比不上海棠高贵，比不上梅花孤傲，比不上桃花粉艳……遇见它不会一见钟情。可它天香云外飘。我想像桂花花开时的模样，像紫薇花开，一簇簇的吧。我和友看一盆盆的桂花。只有叶，没有花，只闻香思花。一转念的错过，等待花开，又是一年。

来颐和园看桂花，不仅寻到一院子桂花香，还寻到一条幽静小路，一处江南风韵的谐趣园。

寂静处的美，很小，很质朴。是一低头的绿色苔藓；是城头斑驳的墙壁；是湖中枯萎的荷；是红门灰墙垂落的爬山虎……寻美，不一定追寻众人皆知的名胜古迹；不一定奔赴人来人往的旅游景点；不一定长河浩荡烟波缥缈。大美无言，僻静处飘香，有心去看，去品，到处是。

人淡如菊

　　菊，不是美丽的花朵。金色的黄，惨淡的白，浅浅的紫。哦，就这样的寡。一点儿韵味也没有。人淡如菊。恐怕就是这样的素颜，清汤挂面的。它就像街边清瘦的女子，轻轻从你身边走过，风样的轻，一丝声音也不曾有。有它也行，无它也无不可。菊，更像那深闺的女子，躲进小楼成一体。清丽得可人。

　　菊花于我，太过庸常的植物。儿时，爷爷家的院子，种满了菊花。爷爷栽种的菊花真是好！亭亭玉立的菊，一株株的，盛开在花盆里。秋寒，他佝偻着背，穿着对襟棉衫，粗糙的手精心护理着菊，一棵棵地放在竹篮里，挑着菊花去卖。扁担有节奏地一颤颤的，花儿有节奏地跳着舞。街坊邻居索要，他也毫不吝啬送了去。我不知道爷爷为什么那么爱种菊。易活？还是别的什么原因。儿时的记忆里，爷爷爱菊。他像养育着婴儿似的，不停地侍弄菊花。歇息时，抽着旱烟袋，看着满院子的菊花，眯缝着眼，脸上总是一副淡然。

　　秋天，菊花，那就是我的童年了——童年里开满我眼睛的花朵。

　　如今，我很少见有人买了菊回家。更没见过谁的家中摆放着菊。爱花的人摆放的，更多是百合、康乃馨、薰衣草、玫瑰……花店静处的菊，少见人买了它去。似乎这菊，带着一脸的巫气，鬼魅得很。

一朝天子一朝臣。真像这菊花。

古人爱菊。

"不是花中偏爱菊，此花开尽更无花。"不是么？春天，桃花开了，梨花开，一场又一场的花开，菊花开过，一场花的盛宴落下帷幕。爱菊，爱的是最后的珍惜。菊花过后，一年一场花事了。

提到菊，不得不提到那个爱菊的男子，还有他脍炙人口的诗句："结庐在人境，而无车马喧。问君何能尔？心远地自偏。采菊东篱下，悠然见南山。山气日夕佳，飞鸟相与还。此中有真意，欲辩已忘言。"篱下采菊，抬头见山，悠然自得，宁静致远。人淡如菊，如的，就像五柳先生这样的诗人，心远地自偏。

菊，在中国古代，已经是高洁的尤物，赋予吉祥长寿的文化内涵。人们赏它，吟咏它，绘画它。像爱着自己的情人似的爱着它。

那时的菊，是宫中受宠的妃子，被皇帝宠着爱着。你瞧吧，多少的文人墨客种菊，赏菊，写菊，画菊。

忽如一夜"春风"来。来的，不是这春风。菊，像遭了一场浩劫似的。一下子变成了旧人。深宫寂寞，只剩下怀念的分了。

怨就怨在远渡重洋。有着三千年栽培历史的菊，忽然被引进欧洲，改头换面了。想不到，一世名花，在拉丁美洲竟被称为"妖花"，在欧洲也变成墓地之花。这被中国人宠爱的菊，这清净，高洁，长寿，吉祥，真情的菊花物语，一下子变成怀念了。中国的月亮不如外国圆。东西一旦洋化，再怎么收也难。就像七夕，本来是中国的情人节。怎么也敌不过洋人的情人节。中国人爱过洋节，就像这菊花，如今祭奠时，它才被派上用场。我们本土的物语，已经渐渐退化。我们中国的名花，受外来文化的影响，被打进冷宫。

满城尽带黄金甲，巩俐一朵又一朵，不停地绣着菊花。重阳节赏菊，一场叛乱在即。有菊花者为同谋，没有就要杀。瞧，在张艺谋的电影里，菊，也是不祥之物。

如果爷爷在世，我定不会让他在院子里种菊，种什么不好，偏要种这些鬼魅的花朵，看着就心凉。倒不如种牡丹，月季。艳艳的园子，满心的欢喜。送街坊四邻一棵这样的花朵，送的是一份小欢喜。

在位于济南趵突泉内的李清照纪念馆里，我突然想到《醉花阴》"薄雾浓云愁永昼，瑞脑消金兽。佳节又重阳，玉枕纱厨，半夜凉初透。东篱把酒黄昏后，有暗香盈袖。莫道不消魂，帘卷西风，人比黄花瘦。"这里的黄花就是菊花了。人比黄花还要瘦，说得多好。思念之深，离别之苦就在不多的几个字里。夫婿赵明诚看了心里怎么能不缠绵，不感动？

那一日，我是有意看趵突泉，无意赏了菊的。真没想到，菊可以开得这样硕大，雍容华贵。它简直可以和洛阳的牡丹一比高低了。那花瓣，弯弯曲曲，缠缠绵绵的。像极了我们女词人和夫君爱的缱绻啊。

菊开得再好，也只能赏一赏。再送给她好听的名字，也是少有人请进家中的。更不可能送人。这，恐怕就是今天菊的命运了。

看着一朵又一朵肥美的菊，我又想到"人淡如菊"四个字。

菊，真是经历了世间风雨呢！她的人生从旖旎繁华，跌至冷落孤寂。她爱过么？恨过么？失落过么？面对生命坎坎坷坷，无数夜晚孤枕难眠。她不明白自己，曾经众星捧月般受宠，人依旧，怎么境遇不同了呢？她从失意的阴影走出，洞穿一切，寻到生命的真意，淡：是人生命最佳的状态。名，利，身外之物，生不带来，死不带去。她归隐山林，以清风为伴，日月为友，聆听溪水潺潺，看云卷云舒。

人——淡——如——菊。我轻轻吟哦。心轻，心静，心平和。我看到以梅为妻，以鹤为子的林和靖坐隐山林；我看到采菊而归的陶渊明，披着满身夕阳悠然走来；也看到向晚时分，我的爷爷吸着老旧的旱烟袋，看着满园菊开微微笑。他们的眼前是菊，心里也是菊。人淡如菊。

丑橘

这是一个极其丑陋的橘子。在水果摊前，你定不会买它。它的个子、形状像黄花梨，顶端有个五分钱硬币的凸起。去掉和根连接的凸起，再一看，却又像苹果梨。我说它四不像。

它的的确确长得很丑，皱皱巴巴的，像老人松弛的皮肤，皮肤上到处是针尖大小的小眼儿，像极了人脸上粗大的汗毛孔。"汗毛孔"里满是不洁的尘土。至少，我眼前的丑橘是这个样子。橘皮上有星星点点的小雀斑，拿在手里疙疙瘩瘩的。这还不够丑，我握在手里，软塌塌，好像放了很长时间，水分已经蒸干了。凑在鼻尖闻一闻，些许的苦味。

丑橘，名副其实。

橘子家族怎么"生"出这么个丑孩子。你瞧，果多美水果店里，小金橘小巧精致，饱满得像个鹌鹑蛋。小甜橘，还没有吃，橘味已经到处是，吃起来，一个接一个，让你的嘴停不下来。我吃过不同种类的橘子，丑橘，还是第一次。

那日，婆婆递给我一个橘子。她说，这叫丑橘，很好吃。我拿着这个橘子，嘿嘿地笑了，我不吃，看着，心想：还真是丑。这要是在水果店里，我定不会买它。别说吃，看着也没有胃口。为了婆婆的一番心意剥开，皮糙肉厚。皮与肉完全的分离。内皮里白白的一层，像糟糕得不成样子的棉絮。果肉的样子和柚子差不多，放在嘴里，甜津津的。我再也不敢轻视它，千万不能以貌取人，这丑橘还真好吃。在水果店里，我开始对它仰慕，其他漂亮的水果，已经入不了我的眼。

丑橘虽丑，但很甜。我也曾买过一斤非常漂亮，令我止不住赞美的豆角，看着光滑，色泽也新鲜，真正吃起来，味同嚼蜡。夏天，我们拒绝裂口的西瓜，殊不知，这样的西瓜是成熟的标志，吃着也格外的甜。榴莲满身刺，臭气烘烘，吃着香。桑葚儿黑不溜秋，营养价值高……

我一向追求美丽的东西。买菜，定要新鲜的。顶花带刺的黄瓜，直挺挺的豆角，又黑又亮的茄子……水果呢，一定要鲜，要好，要美。当我初遇丑橘的时候，我开始审视自己了——以貌取人。

传说，诸葛亮的妻子黄月英很丑，黄头发，黑皮肤，大麻子，但是极顶聪明，才华横溢，本来不想答应的婚姻，一下子答应了。他说，人不可貌相。身长八尺，容貌伟岸的诸葛亮与自己的丑妻，相亲相爱，甚是惬意。

我敬佩诸葛亮的才干，更欣赏他的爱情观。爱一个人，爱的不是外貌，是智慧。换句话说，爱的是人的心。

在中国古代历史故事中，外貌的丑，总是和聪明连在一起的。无论古代还是现代，有的人漂亮，但不一定聪明；有的人聪明，但不一定漂亮；又聪明又漂亮，这样的人有，但很少。

人不是因为美丽而可爱，而是因为可爱而美丽。这是学生时代我印象最深的一句话。美，人心向往。但，挑选不了容貌。女人都想拥有闭月羞花之容，男人也希望自己有潘安之貌。具备美丽的姿容固然幸运，拥有并不漂亮的容貌也不必悲观。美丽也是一生，丑陋也是一生。即使拥有并不美丽的容颜也无妨，外貌再美，过着过着就老了。人过日子，过到最后是看自己的内心。其实，人是在和自己的心过着日子，决定自己幸福不幸福的，也是内心的感觉。

美丽的容颜也就那么几年，青春易逝，更添悲戚。真正不老的是聪明才智。时间无情，没收了容颜，却收不回一个人的才能。容貌并不可靠，而真正忠实于自己，爱自己，不显山不露水的当属智慧。

外表丑，不可怕。最可怕的是心丑。

外表美，固然好。可怕的是，人美，心丑。

最美的还是人的心。

林清玄曾写下这样一句令人过目不忘的话：

心美，一切皆美。

窗外

远离繁华市区，居住郊外。除了早晨买菜，贮备一天生活所需，一直宅在家里，享受工作忙碌后的一段安逸时光。收拾房间，听听音乐，看书，偶尔也看看电视。这份闲逸弥足珍贵。

窗外野草

更多时间，我待在书房里。书房的对面是高层住宅楼，南面是一大片绿色蔬菜园区，养眼得很。西边用不了多长时间，住宅楼就会如雨后春笋般拔地而起。北京的房子着实盖了不少，盖得越多，房子似乎越是不够。

我的书桌正对着一扇窗。身居高层，无论向南还是向西，都是我眼里的一片风景。看书累了，我习惯看西南的住宅楼，看楼前空旷的空地上疯长的杂草。草是安静的。尽管它是一群无人照管，任其自然生长的野草。雨水充沛，它一眨眼就绿了，一恍惚就高了。你不让它长也不行，它以不可阻挡之势浩浩荡荡地绿了整个夏天。野草丛生，我并不想把这四个字送给他。还是绿意盎然吧。有土，有水，有风种下的种子，它怎么能不绿呢？生命的力量，在小草的成长里。不是么？我坐在窗前，低下头，我的眼前是辽阔的"草原"。西边，北面，它延伸到哪里，我不知道。我总觉得那是一幅画，我的眼睛裁剪了一部分，装帧在我的视野里。夜晚，那里一定是热闹的，虫儿低鸣，蟋蟀高歌，知了指挥。也许，有水洼的地方，还有久不见的小青蛙吧。这样想着，我的耳朵里竟然奏起《森林狂想曲》，我分辨动物的叫声。突然的，我倒不想那里高层林立了。更不愿意，钢筋水泥的冰冷荒凉，掩盖我眼前的绿色。尽管那是无人照管的草。荒并不重要，重要的是，眼前有绿，我就望见春的苍翠，夏的葱郁了。

窗外夕阳

坐在窗前，只要稍稍抬起头，我就看到西南的天了。火热的中午，天空明亮亮的。太阳如一支画笔，染白了天，晕染了蓝。蓝浅得不能再浅。有时真是分不清是白云还是光的耀眼了。我面前和北面的天空，远离了日光，蓝晶晶的。我爱看天，看云，看蓝天上花开花落。什么都不想。整个身心都沉浸下去。醒来，已经是满心的欣喜了。

更喜欢傍晚，华美的夕阳染红天际。天空之美，变化之快，画家是无论如何也无从下笔的。我是偶然发现的这个奇景。夕阳变换的形状，难以调和的色调，美得真是令人窒息。我目不转睛陶醉在光影里。眼前的窗，不再是一扇窗，分明是一幅会变化的油画，美了我的眼，赏了我的心呢。

太阳在黄昏的天空中跳跃，移动。遗憾的是，从书房的窗口，极目望去，高大的建筑永远遮住即将坠入山中的红日。我拼尽全力，只能看到染了胭脂的天空露出一丝的红晕。透过那点红，我能感到，太阳正在徐徐落山。我悲哀地坐在椅子上，眼巴巴地看着高层建筑的后面，红晕渐渐发白，变得深蓝。我凭借自己的想象力，想象太阳一点一点跌进山中的情景。如果没有眼前巨大的屏，视野开阔那有多好。每一个黄昏目睹夕阳西下的胜景，是一件多么快乐的事情。离开市中心，本以为身居高层，可以看到久违的夕阳西下，到头来只是我的一厢情愿，空欢喜。

我开始怀念爷爷的村庄。那时还小，依稀记得，从田间小路一直向西望去，晴朗的日子，我经常看到墨黑的西山。它清晰地屹立在我的眼前，似乎离我很近。我时常在想，一直西去，我就很快抵达西山脚下。爷爷笑我，你看着很近，其实离你很远。你走一天一夜也走不到终点。

爷爷去世多年，村庄没了，肥沃的土地盖起一座座高楼大厦，建起立交桥，拓宽了马路。我和城市一起长大。再西望，也寻不到西山片刻的踪迹。它隐藏在高层建筑里，被不洁的空气吞噬。我再也看不到如墨的山峦。更看不到向晚的红日蹦蹦跳跳回到山中。它连一点童年的念想也不给我留下。别说西山，就是夜空的星星也少得可怜。城市夜色的华彩冲淡星星的光芒。看星星。不是没有这样的雅趣，即使有，我能看到位于山东平原，姥姥家夜空随处可见的，成堆成堆的星星么？肯定不能。

家紧邻机场。关上窗前的书灯。看夜空划过天际的飞机。很大。轰鸣作响。飞机上的灯火像萤火虫忽闪忽闪的。没了成堆的星星，在夜色里看看飞机也是不错的选择。

我喜欢生活中自然的风景。可它们不顾我的思念，一个个离我远去。大街小巷，霓虹灯，高楼，服装店，肯德基，大型超市……它们一个个在我的眼睛里招摇。看日出到海边，到泰山。看星星到山区，到平原，到人迹罕至的地方。最自然朴素的风景，寻而不见。你需要背上背包，走向远方……

窗外声音

落地窗帘轻舞。淡淡的草香飞进窗子。清爽的味道。这是午后，割草机停了，草香浓了。更浓的，还是每天下午一段段京剧。楼下的老人，在草地庇荫处，自顾自地享受。我注意过那个老人，穿着一件发了黄的、白色跨栏背心，清瘦的模样，安详地坐在小椅子上，静静地听着。

我家的隔壁，住着一对年轻人，很少见他们出来，唯一感受他们的存在，是沉重的关门声，门前的垃圾，夜深人静咯咯的笑声。我并不知道他们的模样。很难得遇见。

已经立秋了，知了还在叫着。远处的汽车匆匆驶过，传来轮胎与地面的摩擦声。这只有在市中心夜间的声响，反而在白天听到了。

日光西照。我的书桌被撒上明晃晃的阳光。云彩真多，一片片的。飞机还在轰鸣。想着自己多年前从青岛第一次乘飞机返京，坐在眩窗的位置，看飞机下的云朵。那是一棵又一棵云开的树。

临近傍晚，窗外很静。市中心这个时段已经沸腾了。说笑声，吆喝声，汽车声，锅碗瓢盆声，哄孩子声，响成一片。这里不同。同样烟火的日子，反倒安静下来。

黑夜是静的。静得出奇。这么多的高楼，几乎黑成一片。极少有窗口的灯光亮着。我曾在这样的夜里听到过哭声。宛转悠扬。没有一定的功夫是哭不了那么悦耳的。我并不害怕。以至于趴在窗前寻找地上的篝火。那哭声是对已逝故人的怀念，那燃烧的篝火，是送到天堂的祝福与关爱。我时常在小区外，墙壁的边沿，看到一堆一堆的灰烬。灰烬埋葬了眼泪、疼痛与思念。

一扇窗，一个世界——疯长的野草，天空，声音。还有我书桌前静谧的时光。

一座桥，两个世界，桥北绮丽繁华，桥南暗淡荒凉。仿佛觉得自己，是一株从桥北移植桥南的树。我沐浴在精美的时光里，独坐。我，不奢求繁华。如若在我的窗前，看到遍野的绿，漫天的星，夕阳西下，我何尝不是一个幸福的人呢？

赏荷

很多年没有去圆明园了。真的，很多年。好多的记忆被时间模糊得不成样子。只记得那片废墟。冰冷的石块，直挺挺地躺着。那时还小。我是看了《圆明园的毁灭》，想看看那些石头的。对，石头，那是历史的记忆。唯有它，记载着中国一段屈辱的岁月。三天三夜的大火，毁了它。一个集中西方建筑于一体的万园之园。昔日的辉煌，只一个刹那，灰飞烟灭。成为历史的灰烬。

今日，多年后，我又看到一些散落的石头，有石狮、石鱼……它们像一堆废物，被圈在一起。是的，一堆放在路边也不会引人注意的石头。破败不堪。一米高的说明文字，粗糙的，一点儿也显不出文物的珍贵。我不知道它们从哪里寻来？我看着那些石头，被安置在一个棚子下面。惋惜着，心凉凉的。珍贵的文物，只有不多的人走过来看一看。

在岸边行走，路过残桥。拱形的，也就不到两米宽，顶端的石头残缺不全。残桥，突兀在水面上。我站在路边，望了它很久，想着它昔日的模样。

我是来赏荷花的。竟然，不知不觉，注意到残桥、石头。我知道，儿时的记忆，像刺青留在心里。因为圆明园梦幻般的美丽，因为它是园林艺术的瑰宝，建筑艺术的精华，因为它拥有再多的美丽，也阻止不了侵略者的行恶。所以，儿时，我就记住了这个皇家宫苑。今天，驻足在这里，我想，假如恶行，能够拜倒在美丽的裙裾下，那么今天的圆明园，不仅属于中国，也属于世界。美丽的东西，本身没有国界。

园子里，都是为赏荷而来的人。很多人脖子上挂着照相机。价格不菲的摄影器材。专业的，业余的，一群寻美者。那是一群追求艺术梦想的人们，一群热爱生活的人们。

进门没有多久，几个青花瓷的花盆里，生长着几株荷。我想起席慕蓉，为了画荷，也在自家院子里种上荷花。她养荷，画荷。荷滋润着才女的心，她写出一篇篇美丽的诗文。荷花也可以养在花盆里。一个足够大的花盆。摄影师在花棚前支起架子，耐心地照着，很长的时间。我拍了一朵荷花，玫瑰紫的，我喜欢它薄如轻纱似的花瓣。似乎禁不住触碰的质地。花瓣向四面八方张开着，露出黄色的花蕊。旁边是一朵白色的荷花，一朵开着，一朵即将凋零了，小巧的莲蓬已经初长成。我闻不到荷花的清香。是她贪恋宁静么？还是喜欢黑夜的朦胧。我趴在花蕊上轻轻地闻着，哦，淡淡的，几乎闻不出来的清香。"静，来闻，有花香呢。"她如我一样，闻到了荷花的味道。也许，宁静的夜，园子里安静了，明月高悬，风儿吹过，一阵阵的花香才会袭来。荷花，是否喜欢寂寞呢？我想，独自的时候，她们一定比现在更妖娆，更曼妙吧。

沿着湖岸走。琵琶弹奏出的悠扬乐曲不绝于耳。有花赏，有优美的曲子听，人也仿佛美了起来。我注意到湖面上的荷叶，简直像一个个盘子，翘起工整的边沿，漂浮在水面上。"看，静，荷叶，怎么还会有这种形状？"静说："有这种形状的。听说，荷叶能禁得住一个刚出生的孩子。"我笑了："荷叶像摇篮。"湖的四周是一片一片的荷花了。太漂亮了。这是我第一次看到这么壮观的荷花。看那荷叶，你挨着我，我挨着你，被一根根茎支撑着，像一片绿海。它们有的与蓝天面对面相望；有的倾斜着看着太阳；有的叶子卷起了边。每一片荷叶，有每一片的样子。各有不同。今天的风儿一点也不疯狂。偶尔有风掠过，荷叶轻轻摇动。荷花并不招摇，这儿一朵，那一朵。有的含苞待放，有的绽开了，有的半开半闭。粉色的荷花居多，无论深浅，与这过于张扬的绿相比，内敛得多。浪漫的粉点缀着绿，像极了画家笔下的风景。

我寻到了乐曲的来源。三个穿着红色长裙的漂亮的女孩子，坐在湖畔的荷花旁，尽情地弹奏，给赏花的人，懂曲的人，还有荷花听。

在一处折尺形的红色木桥下，是一摊一摊的睡莲。它们就像草原上的部落群，一个部落群一个部落群散居着。我爱极了那小巧的叶，它们只有盘子般大小，一小片一小片紧紧地、密密地挨着。那绿深极了，快被阳光照的滴出绿来。白色的，鹅黄的，粉色的睡莲，这一朵，那一朵，零星地散落着。我最喜欢鹅黄色的睡莲，喜欢它柔和的色调，安静的美丽。与荷花相比，我更喜欢睡莲，她一点也不硕大，小巧，别致，温柔，细腻，不飞扬跋扈。我喜欢这种与世隔绝孤傲的美。你看，她们远远躲开如海的，浩浩荡荡的荷花，孤零零地寻觅到一个僻静处，静静地开放。无论你们是否欣赏，我依然是我。绝不趋炎附势。她淡定，从容，无忧无虑地仰望苍穹。

从小桥上往回走，来到湖边。在湖岸上行走。突然，一人高的荷花高高地直立着，荷叶上，一朵又一朵的荷花灿烂地笑着，招来许多摄影爱好者。他们举起相机，不停地拍照。我也为荷花留影。最终，拍了一张美丽的照片。一朵荷花，在荷叶间，独自开放。必要的留白，衬托出荷花的美丽。我和静也在荷花下拍照，把今天的美丽，留在明天的回忆里。一路，我们看荷，赏荷。荷花的花苞，饱满得似乎要断裂。我真想摸一摸。不过，也就想想而已。我，不想亵渎荷花一尘不染的美丽。

我们坐在荷花边的双人椅上赏荷。湖上，不时吹过凉爽的风，张着小手，轻抚着我的肌肤。在这夏日，无限的惬意。起身，顺着湖岸走，不知不觉，走到了来时的路。抬头，已经是圆明园的南门，我们走了出去。

冬巢

冬日，去看鸟巢。在郊外的旷野。

一条远离城区很远的乡间。一条干净狭窄的柏油公路。到处是树，公路两侧，田野里。

冬日的阳光洒下来，滴在树上。球般的鸟巢，高高地挂在树冠深处，稳稳地，像个蜷缩在那里的刺猬。

车一路行走，树们匆匆地倒退。小小的鸟巢一个个掠进我的眼里，闪了一下，退去。车子越往南，树越多，鸟巢也多。没有见过这么多的鸟巢。却见，一只鸟儿从树上飞出来。它是从巢里钻出来的么？那么大的一只鸟，灰灰的，扑棱着翅膀。我分明听到它翻动翅膀的啪嗒啪嗒声。那是鸟儿的妈妈么？傍晚飞出舒适的巢，为它的孩子们觅食？

再也看不见一只鸟。唯有鸟巢静静地沐浴在日光里。

这是一条寂静的乡间小路。与京开高速几乎平行，隔田相望的柏油公路。为躲避高速飞驶的车流，拥堵不堪的路面，不得不选择这样一条小路出行。

误入桃源深处。一见钟情。初见的喜。

去年九月，秋季，太阳的炙热还未散去。相识，痴爱。

那是逃离喧嚣，远离川流不息的车辆行驶的公路。不宽阔，两辆车子刚好错开。我没有见过这么安静，干净，美丽的柏油马路。公路两边整齐种植一棵棵树。葱郁繁茂。叶子相握，自然搭成绿色隧道，幽深静谧。"根，紧握在地下。叶，相触在云里。每一阵风吹过，我们都互相致意"。车子钻进绿里，我突然想起舒婷《致橡树》的诗句。不过，那不是橡树。是柳，北方常见耐旱的柳。

秋去，冬来。茂盛的枝叶，叶子一片片钻进泥土。一排排的枯枝，整齐排在两边，如风韵犹存的少妇，优雅至极。

爱上枯枝。枯枝，不萧瑟。

春，绿如烟；夏，树墨绿。蓝天下，干枯的枝，独有清寂之美。那日，却见鸟巢，端居在冰冷的树枝上。如老者，安详。那是鸟儿的家。它们选择合适的枝，树上树下奔波，用娇嫩的喙，衔几百次，编织而成。

从此，即使京开公路一路畅通，我还是一如既往与它相见。为了那成片的树么？对。不！也为了鸟巢。

郊外的树，最多。公路两边有树，整整齐齐。田野有树，一片片，横着竖着斜着。规则，似有似无。瘦高的干，嶙峋的枝。树是高山，田野为平原。高低起伏错落成景致。随处可见，美丽如画的风景。

特别是阳光上好的冬景。

下午三点多出行，太阳光芒四射，大，亮。阳光喷洒，穿越树枝，反射到玻璃窗里。晃了眼。时间渐行渐远，天色渐暗，蹿出红日。我在车里，日光在外，追着车子奔跑。红日在一杆杆枯枝间，欢快跳跃。瞬间，夕阳染红天空，也染红成片树梢。余晖，一滴一滴掉落。冰凉苍白的树枝，瞬间染上红晕，远看，成排的小树林，宛若燃烧的火焰。

田野极美。美在枯枝，红日。

车子沿公路行驶，红太阳挂在树梢上。苗条俊美的树，被涂了红，像出嫁着红衣的女子，披着红盖头。

乡间晚照。

又见鸟巢，在田野间，挺拔俏丽的树上。像个小灯笼，躲在枝头。

接二连三出现。一个个，一球球，玲珑精致。欣喜至极。

鸟巢寻美而来，寻静而来，寻清新空气而来，寻树而来？为何，在这没有霓虹闪烁的乡野，到处是鸟巢呢？

城市，极少见到鸟巢。

田野安静。

黄色枯干的玉米秸，或一根根挺立于田野里，或一堆堆捆绑矗立。

蔬菜大棚，一排紧挨一排。

还有那成片的树。果树？叫不出名的树。

低矮的树，绛紫色。冬日里，一抹亮色。它们伸展枝条，像梅花的枝。弯曲，自然伸展。

那高高的树，顶尖，像极时尚男孩子头顶金黄的发。

有落叶躺在土地上。

牧羊人赶着几十只羊，在公路旁缓慢行走。田野里偶见羊群。

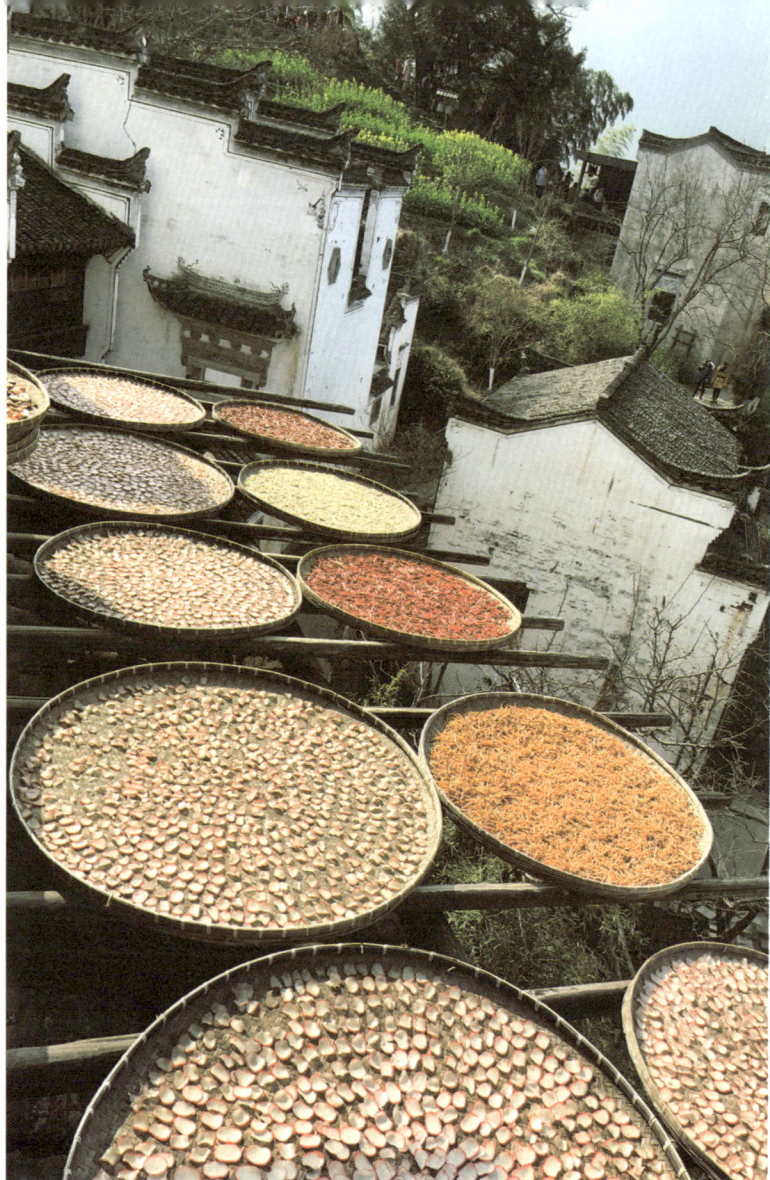

天上的白云坠落在地上，你摸得到白云流动。

　　冬天不寂寞。地上羊群闲散，树上鸟巢高居。旷野里处处是不息的生命。还有生命隐匿土壤孕育。等待春天。冬来，春天不会远。春来，又有鸟儿飞出巢，唱一曲欢歌。

　　鸟栖息田野，一棵棵树上。喜静。它们安于旷野，枝上，安于内心寂静里。如我，厌倦尘世喧嚣纷杂，独喜静处。

　　我停下车子，走进田野，走进静谧，仰望鸟巢。

　　轻轻拍打树干，那鸟巢，稳稳栖居树枝上，一动不动。巧喙编织的巢，大自然的杰作，煞是好看。并不密实，阳光射进来，依稀可见缝隙。

　　途中，偶有村落。或临街，或于田野深处。

　　门前，朴实农民门口交谈。有黄色玉米堆积成山。不见农户家的树上，鸟儿栖居。

　　鸟儿，隐者也。淡泊宁静。

　　在旷野，在风萧萧的夜，在白雪皑皑的冬，鸟巢睡在寒风中，睡在凄凉的星夜下，睡在苦雨里。在无限孤单中，岿然不动，汇成一股坚不可摧的力量。

春归，雪至

春归

春天，桃花轻舞枝头。那粉，宛如水彩，晕染了桃枝。也，染粉了周围蔚蓝的天，如一幅水粉画，悬挂在河畔。在岸边驻足，赏着桃花的艳。无数指甲盖大小的花骨朵儿，一个，一个，又一个，饱满地俏立枝头。犹如一个个古代美女，将一张张瘦削的脸，掩映在枝的后梢头，轻抚琵琶，弹奏一曲高山流水。

也就两天的时间，河岸北面一棵桃树耐不住性子，有的桃花急急地开了。开的不大，害羞地掩着半边脸。南面的桃花静静地观望，悠闲自在沐浴在阳光下。

桃花不是早春的使者。是谁？那柳。河畔的柳，早已泛了青，春雨一夜间染绿了柳，那柳，那绿，一点儿也不滴翠。黄绿，再合适不过。向河的南或北，任何一个方向望去，柳枝在河畔妖娆。春风拂过，轻轻摆动柔软的腰肢。摇曳，生姿。

一直以为，迎春花是报春的使者。不，不是的。在这个春天里，在我每天往返的途中，在桃花沾粉，绿染树梢时，只有几朵的迎春花在春日的寒风里绽开。一点儿也不灿烂，零星的几朵，孤零零地散落。一花开放不是春。还真是。每年的春天，我爱极了街边黄灿灿的迎春花，宛如新嫁娘的拖地长裙。可是，在玉兰吐露花苞的今春，它迟迟不肯展露芳颜。也许，它鼓足了劲，蕴藏生机，等待又一场灿烂花开。

万物复苏了。乘车从永定门城楼路过。不知不觉间，城楼后面的玉兰花冒出无数的花骨朵儿。它们支棱着脑袋迎接春天。我忙跑去看单位后院的玉兰。只有一棵玉兰树长出一个个花骨朵儿。奇怪的是，花骨朵儿上满是细长，白色的小刺，像一根根银针，插在花苞之上。一点儿也不温柔，一点儿也不美，甚至，有些丑陋。素洁的花朵，处子般洁身自爱，好像在倾诉，我怕羞，别碰我。玉兰，美丽的尤物，一定要经历破茧成蝶的蜕变。盛开时，才能妖娆妩媚。待到花开，那美，简直有些醉了。单位后院有一排玉兰树。那是我春天的最爱。站在落地窗前，每年的春天，一棵棵的玉兰花开，装饰了我的窗子。怎么也没有想到，一排的玉兰树，只有一棵长出带刺的花骨朵儿。另外的几棵，不知道它们在安安静静地等待着什么。

雪至

北京的早春，桃粉，柳绿，玉兰吐玉……惊喜的是，一场春雪，一夜间静悄悄地降落京城。

春天昼长夜短。早上六点十分，走出家门。城市最后一盏灯熄灭了。天不明朗。

雪下的好大，好美。最美的不是雪落大地，而是街边的树。挂满银条的树，装饰了天空，也点缀了春天。雪并不冷人。你瞧，再厚实，再冰冷的雪，也融化在大地温暖的怀抱。行走在春天里，行走在洁白的雪的世界中。雪净化了空气，干净了心。被修剪的球状的冬青，大雪球般稳稳地站在春日里。我急忙用相机，收藏下来，留作一份春天的纪念。

银装素裹，四个字，概括北京的城，北京三月的春天，再合适不过。今春的雪，怒放在春天里。时间还早，绕了一个弯，去看桃花，嫩柳。穿过地下通道，也就两分钟的路就到了河畔。好美的春景。柳枝像一条条银色的丝线在春风里荡漾着。桃花，被雪覆盖住了。粉色的花瓣，花骨朵儿，把它们压得喘不过来气，忍不住想从雪里探出头。

雪落枝头。那是桃花最美的时刻。一朵雪花轻落一朵桃花，不鲜艳，带着点点娇羞，犹抱琵琶半掩面。其实，我不喜欢太过张扬的美，太霸气，灼灼逼人，不含蓄。独喜此时的桃花，雪中的桃花，它，内敛，很美。

汽车在雪中前行。我目不转睛地看着窗外。生怕错过街边美丽的风景。错过了，永远的就错过了。即使再有，也与今年不同。洁白的雪，用心地雕琢了开始萌动的春天。树，一棵棵树，像一座座晶莹剔透的冰雕，装点北京的城。雪，痴情的人。消失在冬天的记忆里。却又再一次回眸，拖着白色落地长裙，以最后的华美，再一次吻别她深爱的土地。

太阳隐隐约约出来了。东边一片浅红。枝头白雪，浅红天空，记忆在我的2013年的春天里。独自行走在雪中，看着街边白雪皑皑的世界，看着雪中北京的春天。冰清玉洁。单位后院，白色的世界。我踏着积雪去看玉兰。我的身后，留下长长的脚印。那串通向玉兰树的脚印。站在玉兰树下，我呆住了。浅蓝的天空下，玉兰树的枝桠上，盛开着大朵大朵的雪花。玉兰花苞，那个丑陋的小刺周围，包裹着一层白雪。如一块玉，冰住整个花苞，晶莹透明，煞是好看。枝头顶端的花苞，顶着和它一样大小，一样形状的白雪。

像，又一个雪做的花苞，翘在枝头。蓝天下，一幅绝美的风景画。

雪逝

天放晴了，阳光普照，银光闪烁。站在落地窗前，树上的雪，扑簌簌地从树上飞落。那是又一场"春雪"降落京城，短暂的不仔细看，真看不出来呢。"春雪"还没有结束，温暖的阳光下，一场"春雨"已经来临。树上、房檐上的积雪融化了，一滴滴从天而降。一根根银条眨眼间消失了。春天的那抹绿，那点粉，那星黄，魔幻般又展露枝头。

春归，雪至。寂寂的夜，如花绽放。似梦，非梦……

听雨

天，又下起了雨。雨，穿过黑夜的水，像急行军似的，飞快地奔跑。透过黑夜，透过路灯下一串串亮晶晶的水珠，仔细凝视，你会感觉到雨的晶莹、透明，像一颗颗穿起来的小珠子，被雨线连接在一起，断了，一下子掉落在地上，欢快地蹦跳着，随即，和雨水混合在一起，找不到了。

我打开窗户，伸出手，接雨。夏日的冰凉，一滴，一滴，敲击着我的手心，不大一会儿，我的手，一小洼雨水，并不清澈，不过，散发着淡淡的清香。那是雨的味道。

昨夜，睡梦中，电闪雷鸣。天，撕去白天温柔的面纱，露出狰狞的面目，撕心裂肺地吼着。"咔嚓"、"轰隆隆"此起彼伏。躺在床上，聆听着，没有一丝恐惧。那雷声，由远而近，由近及远，不停地在夜空游离，寻找着，发泄着。忽然，啪嗒、啪嗒的声音使劲地撞击着玻璃，也敲击着楼下的柏油路。顿时，一丝凉意，仿佛由下而上升腾，在夜空弥漫。夏日的，宛如秋天的，凉爽的风，穿过纱窗，缓缓地飘进屋子，轻轻地吹在我的身上，柔软地亲吻我的每一寸肌肤。我喜欢雨中的风，温柔似水。躺在床上，看着窗外的雨夜。玻璃上爬满了一条条细细的小溪，从上往下，自由自在地流淌。对面高层窗户里的灯光，如往日，依然亮着，朦朦胧胧的美。

我注视着那灯光，想着，不知那里住着怎样一户人家？为何，每个夜晚，都是彻夜不息的灯火。我喜欢那里的灯光，喜欢那里洋溢着的生命的气息。每个夜晚，我都在注视那窗户里的灯光，慢慢滑进自己的梦中。就像儿时，我聆听着隔壁房间里，母亲与父亲的低语，渐渐地，沉浸在儿时的梦里。我依恋窗户里的灯光，依恋童年时父母的私语。那是我心灵的，小小的港湾。港湾里，有着小小的，不为人知的温暖。属于自己的小温暖。

清晨，天放晴了。雨后，空气清爽起来。

在河岸奔跑，一个人，享受着阳光，空气。

忽然，西边的天空黑压压的向东边袭来，低低的，缓缓地。阳光收起锋芒。天，开始暗淡起来。

傍晚，雨急急地下着，楼下的行人，来不及躲避雨的突然袭击，大呼小叫着，向楼内跑去。有的，从容地撑起花伞。不一会儿，地上溅起无数朵透明的雨花，街上开满五颜六色的伞花。一朵朵小水花，在花伞上，开了，败了，又开了……那是城市里花的世界，雨天特有的一道亮丽的风景，真美！不到五分钟，雨急刹车似的，停了。真是来也匆匆，去也匆匆。

夜雨，还在下着。

夜，安静极了。我看见雨，伸出纤细的手指，在玻璃上、地上、房顶上、树上……弹奏着一首又一首的乐曲，忽急忽缓，忽轻忽重。也许是弹累了吧。雨，停了。我看见，灯光下，城市的夜空中，似有看不见的水滴在空中游弋。夜雾浓重，空气中，散发出潮湿的味道。

雨，真是大自然的乐手。它从昨夜开始，演奏了一场又一场的音乐会。有独奏，也有交响乐。她用自己独有的方式，留下雨的印记，雨的旋律。只有爱雨的人，才能欣赏到雨的美，才能听到雨清纯的声音。那是大自然最美妙的旋律。你，听到了么？在这样一个静谧的，夜晚。

听风

喜欢听风，特别是身居远郊的夜里。独处高楼，躺在舒适的床上，静静听，静静听……

冬天的风像愤怒的狮，呜呜地狂吼，掀动窗户上防护栏搭着的铁皮，吹动园子生长的树，呜呜，呜呜。时起时落，时大时小。

郊外的夜黑得伸手不见五指，园子里零星的灯光，鬼魅般亮着。似睡非睡。风声不时入耳。不知清晨，风是否褪去。冷。一定是。一场秋雨一场寒，一场冬风如是。索性，不睡。看窗外。马路上灯火昏黄，无精打采，睡眼迷离，如床上的我。一辆辆汽车，借助惨淡的光驶向远方，"嗖"地一声，再"嗖"地一声不知驶向何处。

车声是风声里的滑音。万物为琴，风伸出纤纤素手弹它一曲。曲名，寒夜风韵。

曾问过他，开车会不会受到风的阻力。他说，会的。风大时，需要掌握好方向的。黑夜辽阔，望不到边际，海一样的远。车子船儿般行驶在夜里，风么，是海风，夜是海浪，车也悠悠，像远航的船。

冬天，夜风，凄凉得恰似旷野中人吹着的埙曲。呜咽、苍茫。一个人的时候，我时常关闭书房的灯，一个人听埙。埙音像深秋萧瑟的风，更如冬日凛冽之声。

我深喜风的旷远。

独处。

人需要独处。什么也不想，什么也不做。听埙如听风。吹去心上尘，吹净心间躁。

冬天的风奇寒，阴冷阴冷的，听寒意。

不用走出去，风宛如长剑射来，刺骨寒。

我着一袭棉袍，披上宽大的围巾走进风中。

这时日，园子少有人。人们窝在家中，躲避寒风，看电视，收拾房间，涮火锅，包饺子。

风大，老人悠闲，牵着自家狗。狗也行散。风大，狗儿不在乎。不怕。草地上撒着欢。遇到同类，彼此闻气息，追啊，跑的。狗儿的世界没有风雪，唯有欢歌。我想。

老妇人的狗矮胖，嘴在枯草里慢吞吞地嗅。真肥！我说。老人答，是啊，一天只吃一次，什么都不干，只待着，能不胖啊。呵呵，像人。有老人牵着狗，看着狗玩儿。老人是退休教师，妻子生活不能自理，即使出来，便是伺候家中的狗。这狗，像幼童，圈不住。

春夏的时候，楼门口木椅上，每天坐着一位老人，晒太阳，和楼里的住户聊天，收着住户送来不要的塑料瓶子、纸盒。入冬后，不见老人身影。天寒，再有风，天格外冷。偶然遇见，只一次，老人穿着不能再厚的棉衣棉裤，入冬，老人也要"冬眠"。

风落在树上，枯枝摇动，无声。

这冬，忽冷忽热。热时，像初春。园子里的玉兰竟然含苞，不敢相信自己的眼，走近，果然是。许多棵玉兰，只有两棵含苞。

友说，玉兰可能一年开两次花儿的。不希望冬冷，期待玉兰再度花开。风刮过来，花苞坚挺岿然不动。女贞不再如春夏鲜绿，一块块不张扬的老绿，蹲在楼脚下。风掠过，无声，唯见点点的绿晃动，然后静止。

听风，去树下。

树大招风，还真是。不过，招风的是叶。

风中寂走。

北京街头，悬铃木真多。我叫它铃铛树。一个个桂圆样的小果实，一个个，一嘟噜一嘟噜挂在树上。悬铃木别称法国梧桐。没有杭州上海真正的梧桐浪漫好看。风吹过来，叶子左摇右晃，许多的叶哗啦哗啦响。像齐奏。冬了，风不冷，叶不落。

我在树下听风，哗啦啦，哗啦啦……叶子们互相击掌，掌声悦耳。

蜡树的叶小许多，密密麻麻，风吹动叶子，窸窸窣窣，倒像协奏。

松树叶绿且密，无声。

风本无声。风声是叶唱歌给树木听。

伫立风中，听风看叶，叶多叶大风也大。

风过天晴。

晨光初绽。深蓝天空缀着一颗颗星子，风绣的，亮闪闪。天是水墨，泼上去的，一块块，衬着深蓝的天。裁一方天空装帧，放在心上。美好一日。霞光绘在东边天空，粉红一片。风送来星星，水墨，油彩。

冬风是寒的。

深秋的风也是。

秋风萧瑟，看飞舞旋转的叶。感受风的冷，风的孤寂，凄凉。这时日，深喜夜晚，灯火的明亮与暖。再听风，不一样了，真的不一样。

春风含蓄缠绵娇嫩。吹出希望，吹出花红柳绿。是优美的小提琴曲，深情的，柔软的。

夏风不多，却猛。暴烈性格，捉摸不透，夹杂叶石尘埃，不喜。

静听风声。四季的风。哗啦啦，窸窸窣窣，哗啦啦，窸窸窣窣。自然之风声，绿色的音，纯净恰似青海湖的水。

自然之风，风起，风落。再起，又落。

心里有风，更要用心听。

那风，如春天和煦，如夏天狂野，如秋天萧瑟，如冬天凛冽。不得不听。

静心听。

尘世生活，那些情、爱；那些牵挂、思念；那些不安、无奈；那些痛苦、伤感；那些喜悦、幸福，总是忽然的来了，如风。没有预报，不需要预报，任性地来。赶不走。索性痛痛快快地吹吧，刮吧。生活的五味，本身是生活常态。不会永远幸福，不会永远痛苦，幸福到巅峰趋于平淡，痛苦到顶峰风势回转。风有来的时候，也会有去的时候。

生命需要经历不同的风。在风中历练，成长，成熟，坚韧。

感谢风。

赐予我们丰富多彩的人生。

听绿

醒来，窗外是滴答的雨声。清明后的第一场春雨，洒落一地欣喜。走进幽静，绿树即将成荫的小路，弥漫着春天绿叶被敲落掉的馨香，也唤出一路的鸟鸣，"啾啾"、"叽喳"。装在包里的伞，不取出。我愿，沐浴在春雨里。穿着彩色帽衫，行走在寂静小路，一条通往单位，悠长的小路。雨，纤细如丝，飘然落在我的手心，吻不出痕迹，唯有渗进掌心里的柔软，还有，我心里的甜蜜。

绕道而行。单位后院有一排被人认领的小菜园。每一片菜园不大，也就两平方米的样子。开辟出这样一块园地，不是为了种菜吃菜，而是让我们这些不懂得播种的人，享受田园之乐。今年，春暖花开后，工作间隙，大家忙着翻土、浇地。懂行的朋友，买了种子浸泡，有的在家中培育出幼苗，栽进了泥土。

不知今年的菜园长势可好？

去年，第一次开辟出这样一片土地，长出的萝卜不水灵，不苗条；黄瓜不顶尖带刺；西红柿歪歪斜斜……我们怨起土地的贫瘠，也怨树上的鸟儿啄伤了庄稼。今年接受教训，锄地时深挖进去，挖出好些石子、坚硬的泥块、废弃的玻璃。据说，这样的土质，是盖楼时填进去的废土。单位的前身，曾经是一片绿油油的菜地，供养着城市里的人，一日三餐的蔬菜。城市建设的发展，摧毁了肥沃的土壤，现在恢复起来，实属不易。有人说，松土半米，筛除残渣，施肥，对土质有所缓解。也有的说，去年种了一季，今年可能会好一些……如今，在高楼林立的市区，寻一片可以播种的土地，种一畦绿色蔬菜，难上加难。

念起去年的萝卜，小柿子，豆角……一副不讨喜的样子。我时常想，倒不如那一墙，被一双残忍的手，拔掉的爬山虎美。

怀念消逝的爬山虎。

菜园开垦前，爬山虎从西一直绿到东边。惊蛰后，干枯的枝条返了青，过不了几天，一片片小叶子，零零散散飞了出来。夏天一到，绿绿的一墙，煞是好看。我深深地爱着爬山虎。站在我的落地窗前，足不出户，就能满眼都是绿色。工作间隙，我时常站在窗前，欣赏爬山虎春天的稚嫩，夏天的葱郁，秋天的火红，感受它深藏叶尖，蓬勃的生命。在这里工作八年，爬山虎爬了八年。当柔软的绿色墙体消失后，我适应了好多日子。想起去年菜园惨兮兮的收成，更加念及爬山虎的好。同样的土质，爬山虎郁郁葱葱，种下去的蔬菜，却惨不忍睹。

爬山虎。独活。

我把这样的词给它。不用播种、浇水、间苗、收成。它自顾自地完成生命一次又一次的轮回。没有比爬山虎更顽强的绿色。只要有落脚的地方，无论墙有多高，它勇往直前，毫不退缩。我爱春花。绿叶，恐怕就是爬山虎了。我喜欢被爬山虎包裹的楼房，除了玻璃窗，满是爬山虎的叶。风儿一吹，叶子忽闪忽闪，荡漾一层一层的绿波，美极了！沿途，营养研究院，教育学院……那一幢幢被爬山虎包裹的墙体，在冰冷，交错，高低起伏的城市建筑里，的确是一道绿色风景。

我在后院缓慢行走。"啪嗒"，"啪嗒"……轻微的声响。

春雨落进绿叶声？梧桐花开声？哦，都不是。春天了，那是看不见的爬山虎，在我心里一点一点生长的声音。它，俨然生长在我的记忆里。

春雨依然在下，我的长发湿漉漉的。上周播种下去的种子，有的迫不及待发了芽，一排排，密密麻麻，手指一样高矮。那是小萝卜的幼苗。它们像一个个新生的婴儿，仰着娇嫩的小脸，沐浴在如丝的细雨中。我停下脚步，闭上眼睛倾听，我听到了绿，一点一点在土里膨胀，生长……生长……生长……也听见了钻出来的绿，一滴……一滴……滴落的声音。

认领的菜园，都被起了名字，印刷成一块块牌子，钉在曾经长满爬山虎的墙壁。一路看过去：开心农场、爱心小菜园、草莓园、金果梅园、青青菜园、闻雨园……望着一个个张扬的名字，低头看着一块块等待发芽的菜园，我想，种下去的何止是种子呢？种下的，分明是快乐、善良、希望、浪漫的情怀。

友，央求我，为她的菜园起个名字。我一直犹豫不定。特别是一块块贫瘠的土地。你叫它什么好呢？

听绿。对，这块菜地的名字取名为"听绿"。我为突发的灵感欣喜不已。绿是可以听到的。它在柳色如烟的三月里，在种子的孕育里，在幼苗的成长中，也在我们的心里。只要有心，你，一定可以听见。

突然，一只黑白相间的喜鹊飞进东边的菜园。有意思的是，喜鹊蹦蹦跳跳地跑进菜园中间，仰起脑袋，看着墙壁上的认领牌，停顿后，一路向西，又蹦跳到第二块菜园，仰起头再看着认领牌。然后蹦跳到第三块菜园……喜鹊，简直像个调皮的小孩子，无视我的存在，蹦到一排幼苗前，低下光滑的黑色小脑袋——听绿。

菜园长不好萝卜、香菜、黄瓜、扁豆……又有何妨？没有比听到绿色的声音，更令人激动，兴奋的了。只要有绿，就有希望，有未来。只要有绿，人生何处无风景。

听绿。我默念。

开门。清扫深夜落在桌面看不见的灰尘。我急忙铺开一张素笺，轻轻写下：听绿。

我的眼前，是即将破土而出的绿芽，是漾起绿波的爬山虎，是充满希望的小菜园。抬头，东面窗前的那棵银杏树叶，不知不觉，幼小的嫩叶，猛然间，已是婴儿手一般大小。我看见一窗的绿色，也听见银杏树，叶脉间绿色流动，窸窣的声响。

你，听到了么？

寻秋

　　一直不喜欢秋天。秋风凄惨的嚎叫。秋雨滴落的冰凉。秋风萧瑟。也难怪。这样的冷，这样的凄凉，穿透心底了。

　　入了秋，在飒飒的秋风中，我格外钟情于我的小屋，向往屋内的灯火了。家是我生活的港湾。特别是寒冷的季节，更加钟情于它。打开每一盏灯，屋内灯火通明。沏上一壶上好的大红袍，茶香余韵。喝着茶，听着音乐。萧瑟的秋风，寒冷的深秋，与我无关。拉上开满花朵的窗帘，我的小屋温暖如春。看书，习字，惬意得很。

　　萧瑟的心境，的确与冷酷的秋天有关。乱舞的秋风，树枝扭动腰肢止不住地摇摆，时不时地低鸣，扰乱了人的心。阴冷昏暗的天，压抑得人喘不过气来。

　　爱上秋天，因了他的诗句，那个叫杜牧的唐代诗人。他反其道而行，在文人墨客悲秋的伤感中，写下如下的诗句："远上寒山石径斜，白云生处有人家。停车坐爱枫林晚，霜叶红于二月花。"在他的笔下，秋天并不萧瑟。他看到秋天的生机勃勃。爱上秋天火红的枫叶。秋天一点儿也不悲凉。比春天更富于色彩和生命的活力。杜牧写下《山行》的时候，心里一定是春天了。否则，怎么能写出这么积极向上的诗句呢？我想，那时候的他正在爱着，爱着那个叫张好好的女子。幸福中的人，即使寒冷的冬天也不觉得冰冷了。

心美，一切皆美。这是林清玄一本书的名字。说得多有禅意。心里美着，眼中的一切都是美好的。伤感时，再美好的事物也是苍白的。不是么？那么凄凉的秋天，杜牧却觉得枫叶要比二月的花还要灿烂。这是多么美好的心境啊。

我不沉溺于屋内的温暖了。我走出屋子行散。对，我不叫散步，我叫行散，自由散漫地行走。我要寻找杜牧眼里如花的秋天。

天已大亮，月亮依然高悬。薄的，圆的，明的。她出水芙蓉般在空中羞涩地微笑，不肯离去。

京开高速隔离带的爬山虎突然全红了，红艳艳，流水般倾泻下来。霜"叶"红于二月花。还真是。二环隔离带的月季开在秋天里，还是像春天那样美，那样艳。大朵大朵的花朵依然绽放。"只道花无十日红，此花无日不春风。"月季花期长，耐寒、抗旱。难怪宋代诗人杨万里要赞美它。花中的皇后，这坚韧不屈的月季，是北京的市花。市花，是一个城市的精神所在。一个城市标志性的花朵。北京，街边的月季随处可见，点缀城市每个角落。

进入地下通道。迎面的爬山虎宛如瀑布，悬挂在墙上。它无视秋天的存在，还是绿绿的，看不到秋日的一丝迹象。奇怪的爬山虎，有的忍受不了秋风，刹那间红了。不红的，一定在秋天做最后的挣扎。风儿吹过，爬山虎的尾梢轻轻摇晃，像大海的余波，荡漾着。我真喜欢这一帘爬山虎。每一次从它身边经过，我都会仰起头看一看它。它是那样绿，茂盛得从墙面的南边，一直绿到北边。它低垂着柔嫩的，参差不齐的枝条，像少女柔顺的长发，也像一个宽大的，落地窗帘。我不知道哪一天，它会在我的不经意间泛着红晕。火红的，热烈的色彩，那是一种别样的美丽。它无论绿着，还是红着，都是我的最爱。因为我喜欢满墙的爬山虎。

我拿出照相机，拍摄下它，留作秋天的纪念。

从地下通道出来，就是街心公园了。我简直惊讶于它的美了。好久不见。经过不到一年的修建，旧貌换了新颜。"霜叶红于二月花"。我不由自主又想起杜牧的诗句。不是霜叶，是开在春天里的花朵。石径两边开满低矮的，我叫不出名字的小花，白的、红的、黄的……它们有节奏地开着。

穿过石径，是一个很大的广场。西边是一个水池，水很浅，很透亮。广场中间，一座小山上开遍花朵。白、粉、藕荷。我真是喜欢。秋风渐起，花朵在风里欢快地舞蹈。另一座小山上一簇簇的蓝色花朵，密密麻麻铺排开来。这是秋天么？它怎么比春天要美，要艳？

护城河畔杨柳依依，棕色木栅栏下就是绿如翡翠的河水了。我倚靠在栏杆上看水。水缓缓地流着。蓝天，白云，碧绿的河水，还有岸边绚丽的花朵，无论我从哪个角度来赏，都是人间美景。秋天萧瑟么？不，一点儿也不。秋天像春天一样灿烂。只因那渲染在秋天里的色彩。

那些悲秋的诗人，看到此景，再也不会写出"秋风萧瑟天气凉，草木摇落露为霜"、"萧瑟秋风百花亡，枯枝落叶随波荡"的诗句了，也一定毫不犹豫地写下"霜叶红于二月花"。

走出街心公园，我行散在秋天里。小区里有一所小学校。学校里种着几棵柿子树。一个个橘黄色的小柿子沉甸甸地挂在枝头，点缀在红绿相间的叶子之间。它们在寒风中挣扎，直到冬天来临。

我寻找秋天。我的眼前一片明艳。秋天像春天一样美，一样的充满生命的活力。

特别是，天空。

我相信，大自然是艺术家。他用神来之笔，在天空挥毫泼墨。

浅红，深灰。薄纱似的白云。明与暗的光影。简直是一幅绝美的艺术品。在大自然面前，我不得不感叹，最美的是大自然。毫无雕饰的，飘忽而逝的美。

我寻找到了秋天。

不用悲秋，不必伤感。即使万木凋敝，寒冬腊月，心里是春天，眼前也春光灿烂。

心美，一切皆美。不是么？

寻春

　　春天是有魔力的。明媚的天，没有乱舞的狂风，她一定收了你的心。无论你是谁，都抵抗不了这样的诱惑，你一定会背上书包逃离你的家，跑到大自然中去。即使家再温暖，再舒适，也是敌不过春天的。春花灿烂，那是最美丽的家。

　　是啊！春天多好！

　　肃杀的冬天，惨淡的日光，无精打采挂在天上，瘦骨嶙峋，病恹恹的。到处是干枯的树枝，脏兮兮地站在街头。松树虽然绿着，那是穿旧了，该扔掉的绿衣。冬天是灰色的，连带我们的心，也日日地黯淡了下去。寂寞的心冬眠在温暖、密不透风、冰冷的钢筋水泥里。

　　终于告别冬天了。春天，踩着旋律来了。眨眼间，她携着一缕缕春风，吹开了迎春。迎春，瞧那名字起得多好——迎接春天。一直以来，我总是把早春小巧玲珑的黄色花朵看成是迎春花。其实，迎春还有一个姐妹花，她叫连翘，也是黄色的花朵。一样的大小，一样的颜色，难怪我认错呢。不一样的是花瓣的数量，还有枝条的形态。迎春，迎接春天，她是弯着腰，恭恭敬敬地迎接春天的花树。那些柔软垂地的枝条，洒满黄色花朵的才是迎春。

　　迎春花，春天的使者，她还没有开满枝头，玉兰也耐不住寂窠，昨天还光秃秃的玉兰花树，今天竟然花落枝头。含苞待放的，能钻出枝头的全出来了。玉兰花拼命地开啊开，像一只只白色的蝴蝶，围绕着花树飞舞。玉兰真是红颜薄命，不到一个星期，花就一败涂地了。我越看玉兰，怎么看怎么觉得她像青春，忽的来了，忽的又去了，真是来也匆匆去也匆匆。青春还没怎么过呢，猛然间步入中年。太快了，太快了。再怎么努力，也是握不住青春的。可是，玉兰败了，明年还开，青春可不行，一辈子只有一次，想回也回不去了，空悲切。这恐怕就是人的悲哀了。我想做花朵了，今年败了，明年开，反反复复开多好。

永定门城楼后的玉兰开了一大片，我坐在公交车上看玉兰，这玉兰开得灰蒙蒙的，远远望去，像落满灰尘似的。雾霾天开的玉兰，倒不如去年纯洁了。这可恶的雾霾，怎么连花朵也不放过？一点儿也不怜香惜玉。

玉兰败了，柳绿了。

后海和护城河好像约好了一样，柳树全吐了新芽。我一个人沿着护城河畔行走，娇嫩的柳枝亲吻着我的发和面颊，微微的痒。我突然想笑了。我想起他，那时，我们和春天同龄。我们拉着手在河边散步、奔跑。他突如其来的吻，不正像柳枝一样的软么？

我是爱着柳的，特有的北方树种。它什么时间吐绿，谁也说不清楚。仿佛一夜间，河岸的柳，"嗖"地一声响，闪电般抽出新的枝条。浅绿、黄绿，那绿色，羞答答的，青涩极了。春风里，柳条柔情似水，在河面上轻舞飞扬，宛如长发女子仰起头，任披肩的发尽情流泻。江南的柳一定也绿了。一定比北方的柳好看。在河岸行走的时候，我不由自主怀念江南的柳。一棵棵柳树，浓密的柳条，要多美有多美。北方的柳稍逊风骚。柳条稀稀落落的，不过，倒是清新。江南柳如画，一定是色彩绚丽的油画。北方的柳呢？是一幅中国的山水，清新淡雅。

粉色的桃花开得一塌糊涂了。我在桃花的对岸看她。一点儿也不好看，脏兮兮的。我没有遇见这棵桃树新开时的样子。我相信，会比现在好看。如今，粉色的桃花，已经是半老徐娘了，过不了几天，绿肥了，粉也瘦了下去。花越来越脏，绿越来越多，直到最后一朵桃花变成绿叶。还是白色的桃花美。红色的托，白色的瓣，星星点点的花蕊，像梅花喜人。

我沿着河岸行走，阳光明媚，照在身上暖融融的。我一路赏柳，赏桃花，也去寻找梨花。

还没有寻到梨花，竟然看见河岸的紫玉兰。不知是不是新种下去的花树，还是以前已经存在，印象里，我还是第一次发现这里有紫玉兰。2014年，北京的雾霾严重，紫玉兰看不出落满灰尘的样子。硕大的花朵，一个个高脚杯般插满枝头，看了早春素颜一片的白玉兰，看到紫玉兰倒有些怜香惜玉了。物以稀为贵。虽然我喜欢白玉兰的圣洁，但今年倒倾心于紫玉兰了。

梨树上长满数也数不过来的花骨朵儿，艳阳下，像极了一个个晶莹剔透的珍珠。梨花可别开，梨花开了，春也尽了，还是留些念想的好。春天，你慢慢走。

春天来了，一场花事又一场花事，赶着趟似的来。稍不留神，看漏了一场，再看就要等明年了。

青春的远去，生命的短暂，大自然的美丽，在这个春暖花开的季节，我的心再也不能够在家里停留了。如水的蓝天，清澈的阳光，牵着我的手，引领我走出房间，沐浴在风光明媚的春天里。我，宅在春天里。

寻迹

北京。生活很多年的城市。日日相依，平常得寡言寡味。像什么呢？空气、日、月、星光。庸常城市，宛如左手与右手，没惊没喜。因为熟稔，倾心都市外丽江风情，江南烟雨，洛阳古城，总觉得有风情的城市，是我的皈依。以至于，无论行走烟火气息的菜市场，还是街边小店，被误认为来自他乡过客。也有不熟悉的长者，希望我追溯前身，究竟是哪里人流落京城。

我没有追溯过我的前世。我的记忆里，早已作古的爷爷长于京城。父亲保存一份家谱，那是他用精致小楷写就的。他精心保存，兴致起时，拿给我观看。密密麻麻的小字，无心从头至尾阅读。父亲用布头小心包起，压于箱底。我只知道，我是满族，先辈曾在皇宫打旗；只知道，我在皇城里土生土长，我的祖籍——北京。

童年记忆，旧日北京，是护城河畔一望无际的菜畦；是行驶的货运火车；是不大，可以随时仰望天空的庭院；是附近每个春节后，上班时锣鼓喧天的工厂；是路边来来往往的马车……

北京，我还剩下多少记忆？

骑着八年没有动过、崭新的自行车，走进北京街道。我竟然迷离于繁华城市。宽阔的街道，高架立交桥，高楼大厦，摩登商场，城市地下穿行的地铁……真的，真的。我有些眩晕，辨不清东南西北。不仅仅因为我懒怠出门的生活。北京，变化得实在太快太快。

旧日前门，我寻不到一点儿踪影，"都一处"仍在，旧貌换新颜。前门和王府井步行街形同姐妹。曾经的沧桑，被时尚、刻印英文缩写名字的店铺取代；曾经杂乱无章的街道，埋葬在老时光里；曾经街边破旧小店，退出历史舞台。

城市，拆得迅速，建得飞快。旧迹难寻。不经常行走，与之接近，形同路人。

整洁，时尚。首都，一个与世界接轨的城市。我爱它灰色的昨天，更爱它繁荣的今日。

那日。

从东单地铁出站，不知身居何处？王府井步行街，竟然不清楚它在西还是北。时尚豪华的高层建筑，如此相同与一致，少了坐标，我如漂游在海中的船，丢失航向。我不得不驻足，在人来人往的街头，寻找可以告知我准确方向的人。

何止是前门、王府井。

宣武门、菜市口，两个路口，需要仔细辨认。十字路口菜百商场，移居他处，如今以经营黄金首饰维系其店铺。幼年的我，把菜百当作菜市口地标。逢年过节，母亲拉着我在里面寻找好看花布，制作新衣。长大后，喜欢布，最喜欢在花布间穿梭，想象披上哪种颜色布料，点缀我爱美的心。感慨布店生存艰难。大街小巷难寻。快节奏生活，还有哪些人有闲情逸致，自己设计，扯上几尺布料，做一件随心别致衣装。商场，店铺到处是成衣。更快的，足不出户，淘宝浏览，遇见喜欢衣服，动几下手指，货物轻快飞来。菜市口百货对面有个文具店，少年习书法，一得阁墨汁，毛边纸从这里购得。和它紧邻的是公共浴池。文具店移进超市。公共浴池，再不是几块钱一张澡票。洗浴中心极其少见。乘坐地铁，从菜市口地下穿过，突然翻身来到露天，需要停留张望身处何方？

宽阔公路，脚踏粉红折叠自行车，从南向北骑去。菜市口。陌生街道，久别重逢人不识。与宣武门如同孪生。城市繁华一角。如今高楼林立，马路宽阔，与前门和王府井相比，安静许多。菜市口、校场口，熟悉的地名依然在，不在的，却是时间洗掉的容颜。

味多美面包店到处是。从南城连锁到北城。肯德基、麦当劳，这些被营养学家批驳的垃圾食品长盛不衰。洋气，时尚，我把这样的词语给她。吉野家、必胜客、巫山烤鱼、海底捞……饮食文化风起云涌。

可惜，王府井步瀛斋、瑞蚨祥老字号店铺，竟然没有散落京城大街小巷。买双北京布鞋，要跑到王府井步瀛斋。现在，还有多少人脚穿布鞋？穿布鞋的男人和女人，与这个城市格格不入。

想到布鞋，记起穿着布鞋的北京男人，提着鸟笼遛鸟儿。如今，鲜有这样"游手好闲"的男子。城市生活紧张的节奏，丢失了闲情。即使老年男子，热衷游山玩水，旅游，下棋。稍有些品位，摄影、绘画。如若看见中年男子提着鸟笼儿，哪怕出现在小区，侧目，定是没有工作闲居家中事业无成之人。

这个秋天，为了脚的舒适，特意买双绣花鞋，配了裙子，另类地走在街上。绣花鞋，多么小众，小众的，毕竟没有多大市场。为了保留北京老字号，他们坚守，期待有一天，古老文化回归，布鞋如雨后春笋。

步瀛斋、瑞蚨祥冷清的背后，张一元、吴裕泰、六必居、天源酱园……老字号店铺支撑这座城。特别是老字号茶庄，遍地开花。人们买茶叶倾心于它。走亲访友，不忘买上一斤老字号茶叶，表达心意。

北京胡同文化深受外国人喜爱。什刹海散步，经常看见外国游客，坐着黄包车，逛北京老胡同。他们一路向西，向南，直至和珅住宅——恭王府。北京胡同名字有意思。头发胡同、羊肉胡同、帽儿胡同、盆儿胡同、方家胡同、烟袋斜街、南锣鼓巷……与吃、与用、与形状、与历史相连，又家常又烟火。

我骑着车子穿行老胡同，清一色灰墙灰瓦，正值国庆，几乎家家插着国旗。为保护城市文化，破旧的胡同粉刷修复。住户依然居住，他们一如既往生活。有女人走出院落，端剩余残水，泼至院外下水道中。熟悉景致。寒冷冬日，母亲洗衣，我帮助倒水，生活极其不便，苦不堪言。

重返熟悉的胡同。在遍地高楼大厦矗立面前，胡同小众。但，我更喜爱居住楼房冬暖夏凉。深受儿时平房居住生活不便之苦，再也不愿意回归初始生活。很多人迷恋田园，房前种花，屋后种菜。诗意？我不得不摇头。

齐白石老先生故居坐落辟才胡同，绿竹掩映，墙壁悬挂齐白石故居字样。破旧门扉，被岁月磨光磨黑的石墩，孤零零立在木门两侧。无人清理院落，却诞生出价值不菲画作。故居颓败。故居，真是，故居。与四周街道，高楼，鲜明对比。原生态旧址，颓败之美，自有其纪念价值。

门前冷落，大门紧闭。谁，还会拜访破旧院落。他们舍弃京城名胜古迹，名人故居，背上行囊走向远方。远来的和尚会念经，远处的风景是风景。

被改造后的南锣鼓巷、烟袋斜街。狭窄街道，摩肩接踵。两边店铺风格各异，为老旧胡同增添时尚元素。与市内其他胡同相比，少素朴，缺原味。想看真正北京胡同，远离繁华，任意行走，随处可见古老国槐，门前石墩，槐树下把玩棋子，吐儿化音的北京老人。再也听不见母亲吆喝孩子回家吃饭声，放学后的孩子跳皮筋、玩砍包、呼喊声，邻居坐在自家门前，择菜、织毛衣时的聊天声。

胡同穿行，思绪任意纷飞。

北京胡同，作为城市文化保留下来，虽然少了味道，但，毕竟是北京胡同。穿行其间，可怀想，可依恋。

城市变迁，古老文化留存。古槐、老城墙、名人故居、胡同、四合院、老字号。北京，保留古朴，发展变化。这是一个古老与摩登巧妙结合的城。以其不可多得的地位，赢得世人瞩目。如若，发展老字号店铺，做好做足京城文化，这城，古韵声声，声声入耳。

北京，我的故乡，端坐一隅，等待你，走近它，靠近它……

一天

又是一年中秋了。天有些凉意。清晨，雾气袭击了北京。雨零星地开始下了。不大。地面潮潮的。着一袭素雅裹身长裙，搭配丝质淡粉长围巾，驱车行驶在街边。因了传统的节日，三环和二环主路，车渐渐地多了，小心谨慎地开着车。雨渐渐密了，雨滴很快溅满挡风玻璃。

中秋，传统的文化节日。如今有了一天的假期。告别日常的紧张忙碌，得以喘息。

街边。加工毛衣的小店。开了一年时间。每次经过，不由自主望向门前摆放的毛衣款式，颜色。喜欢湖蓝毛衣。爱上湖蓝，源于她。她把湖蓝穿得那样惊艳。如今，年轻的她早已长眠。经营小店的，是一个戴着眼镜，很斯文，微胖的男子，告诉我羊毛和羊绒线的价格。我说，我喜欢湖蓝，可是，摆放的样品，怎么没有鲜亮的湖蓝线？他在柜台为我寻找样品，一个纸夹里，摆满各种颜色线的标本。唯独没有湖蓝。他说，这种颜色不好上色。他看着我微笑，并没有因了我的遗憾露出不快。喜欢她，喜欢湖蓝，安静的色彩。喜欢的人去了，留下湖蓝。湖蓝，是她。美丽的女子，红颜薄命。

菜市场，并没有因为秋雨的降临，减少人们购物的愿望。人来人往。每个摊位都站着三四个顾客，一个品种一个品种挑选蔬菜。

我不慌不忙等待。悠闲的日子，我有时间浪费。因了节日，肉类，蔬菜价格飞涨，但也没有阻挡顾客购物的热情。知道贵，也知道他们的诚信，不用问价格，放心购买。一年一个中秋。今年去了，不再来。一家人难得摆脱忙碌，聚在一起，吃，喝，说，笑，其乐融融。贵，也快乐。

提着沉甸甸的东西走出菜市场。小雨更急。撑起花伞，走进雨中。雨零零落落。一场秋雨一场寒。不。温柔的秋雨，轻轻柔柔地飘洒。粉红的围巾在昏暗的天空中飞扬。一抹亮丽。也是我心里的欣喜。淡粉，幸福的颜色。

公路。车更多了。无论出城还是进城，如长龙。谨慎行驶。不急。慢慢开。慢，生活的形式。公路上的警示牌正在警示：雨天路滑，缓慢行驶。湿湿的路，开满了车。

楼口。几个老人坐在门口闲聊。我向楼内走来。面目慈祥的老人笑眯眯地说，买这么多的东西！我说，是。与老人素不相识。一栋楼，一个门，她常年在门口休息。许是一种习惯，住惯平房的习惯。

恋旧。自从住进新居。除了蔬菜，我习惯回到旧居菜市场购物。那里的人熟悉，那里的肉新鲜。每次去，一定买很多东西，放在冰箱里。你很少来了。卖肉的女子说。我说，是，不住这里了。但，还是要到你这里买肉。她微笑，连声说，谢谢。一份熟悉，一份情谊，一种习惯。我总是固定一个摊位购物。

中秋。他发来短信说，每逢佳节倍思亲。几个字柔软了心。美好的记忆已然成为一段过往。特定的节日，不用想，祝福总会来。一个生命被另一个人生命惦念何尝不是幸福。生命的价值比爱的结果重要。爱。友情。在遥远中分不清谁是谁。不重要。生命中的遇见，相知，以记忆的方式存在就好。

夜色袭来。晚饭过后，秋风乍起。望向窗外，聆听。似雨声。风声哗哗。起身站在落地窗前。夜色朦胧，无雨。今年的中秋也许见不到月亮。去年中秋，清晰记得，一轮圆圆的大月亮爬到我的窗前。醒来，它与我凝视。不忍睡去，就这样望向窗中的月亮。今夜，秋凉，雨过，它不会来。天深蓝，空中明晃晃的亮色，浮云在夜空轻舞。月，一定来了。

独自走进夜色。赏月。月亮不经意间撩开面纱。小，圆，朦胧的白。十五的月亮十六圆。今年，十五的月亮十五圆。周围白云点缀。在园子里漫步，看月。月亮里是斑驳的影，四周泛着光晕，挂在东南角的天空。我在走，月亮也走。转眼，它游到了云里不见了。一抹光亮存在。眨眼间，它又钻了出来。

"爸爸，妈妈说，嫦娥在月亮里，是吗？"

"是。"

"她现在应该在月亮里了。可是，我没看见。"

"那是因为月亮离我们太远。"

我扭过头去。听着父女俩的对话。父亲不能给孩子更多。省略的故事留下孩子天真的想象。也好。

月亮在云里悄悄游动。游到南边的天空了。月光下，草坪边，几个老者在秋夜里聊天，谈着武则天，谈着刘邦，为了朝代争执。老屋的庭院，晚饭后，父亲总是和邻家姑姑谈古书。一唱一和不亦乐乎。喜欢这样的老者，有内容可谈，可想。即使争执也是雅。

夜色浓了，园子里依然人来人往。月光倾斜。人爱月，月舍不得人，陪伴着不忍睡去的人们。我行走在夜色里。心安静了。许多天，我的心漂浮在海面。没有方向，无法抵达岸边。我努力把心沉到海底，也找不到自己。那个安静的女子。今夜，我放下身上沉重的行囊，披着一袭月光漫步。天上是月，地下是光。我一路行走，一路掸掉心上尘埃。心渐渐净了，轻了。我的心终于游到海底。

中秋的月亮真好！

和月亮告别，已是深夜。

再见，中秋的月儿。谢谢你。明年，再会。

鹅黄

花，开在心里，隐秘的。蓝色、黄色、红色，对，还有绿色、黑色。心里的花，各种颜色，开给自己。自己来种，来赏。各种形态，或翩翩，或雍容华贵，或轻巧，或妖媚，或深沉，或张扬。

问过自己，心中的花什么颜色？鹅黄。青春的温馨，浪漫。那是待字闺中在风中摇曳的床帏，鹅黄一片的清丽。在圆明园，我看到成片的睡莲，碟儿般的荷叶，你挨着我，我伴着你，滴翠的荷叶，翻飞着边缘，簇拥在水中。轻灵的花朵，冒出来，白的，粉的，还有鹅黄。花瓣纱般的精致，安静地开着。我惊讶于它的美。站在曲折的木制红色小桥，我与它相遇，凝视。睡莲，鹅黄，如那南方的女子，婉约，小巧，安静地伫立在夏日清风中。爱着鹅黄。喜欢它的艳丽，稚嫩，独特。它稀少。也许，这样的色泽，很难调配。极少看见有人身着鹅黄。在舞台，在灯光布景下，鹅黄演绎出生命中的璀璨。我爱着鹅黄，在秋风萧瑟里，在心情低落时，鹅黄调了我心底的苍白，泪，滴落在鹅黄上，温暖了冰凉的心。

鹅黄。

那黄，明艳艳，是油菜花开，是向日葵的笑脸。它是梵·高画笔下的向日葵，热烈地燃烧。只一眼，心里就着了火。那是爱情。热恋中的情侣，拼了命地燃烧着自己的情绪。爱得不顾一切。一定是渡边淳一《失乐园》中的男女主人公。两个人，为了爱，饮下毒酒，蛇一样相互缠绕在一起。

鹅黄，"黄"字前面添一个鹅。黄变了，柔了，妩媚了，温馨了。一个"鹅"字，控制了情绪，收敛了性子。含蓄了，婉约了。他再也不飞扬跋扈，再也不灼灼逼人。柔柔的，嫩嫩的，羞答答的。那是一低头的温柔。再坚强的心，再暴躁的汉子，也会醉倒在鹅黄里。面对柔弱的鹅黄，怎么忍心不小心呵护，怎能不视如珠宝。连爱情也不再直白地表达。黄，直率的，鹅黄，沉稳的。爱得比山高，比海深，也就是浅浅的微笑。它是梁山伯与祝英台唯美的爱情，一个郁闷而死，一个投入坟冢，双双化成彩蝶，飞向美好的爱情。那蝶翅，鹅黄的，阳光下，飞动的不仅仅是彩蝶，还是爱的花朵。

在三环，我看见街边隔离带上一米高的月季。绿肥红瘦的暮春，不经意间疯长。最多的是鹅黄。在风驰电掣的街头，那是北京一道亮丽的风景。我爱极了那漂亮的花朵，柔情四溢的鹅黄。她是走出寂寞深闺的女子，在匆匆而过的街头，在茫茫人海间，等待今生那份缘。

鹅黄，我心中隐秘之花。我的生命因了一份鹅黄色彩缤纷。它是寒冷冬日里的炉火，是秋风萧瑟叶与根的缠绵，是云与蓝天的凝视，是海浪拍击山崖的悦耳之声。鹅黄是良药，人生中的苦与乐，悲与情，催生出鲜艳的花朵。天明月朗，面朝了大海，春暖了花开。生活，绝不惨淡淡，绝不寡言无味，绝不了无生机。惆怅，寂寥，心如沙漠，在心中撷取一枝花，闻一闻它的色，赏一赏它的形，一枝花，满园春色。

爱着鹅黄的浪漫，享受鹅黄的温馨。我看到，青春的我们，漫步在睡莲池边，看着荷叶田田，眼里是莲，心中是莲，爱情也是莲。它有莲的圣洁孤傲。没有比鹅黄更浪漫的色泽，没有比鹅黄更心动的情谊。

他从远方送给我鹅黄的纱巾，他说，你配他。鹅黄里有股淡淡的味道，那是爱情的味道。我知道，生命里的牵挂，充实了生活。想起他，想起爱情。无论多远，心是近的。没有比爱情更近的距离。在孤独寂寞里，一抹鹅黄，绚烂了生活。生命是一曲悠扬的乐曲，优美地抵达灵魂深处。

鹅黄，隐秘之花，开在我心灵的花园。在寂静之夜，独自开。

蓝

蓝。清幽，静谧。

爱着蓝。与生俱来的神秘。在学院顶层平台，拍摄下夜景。艺术性的建筑，天和窗里撒满蓝光。妖媚的很。它很静，很柔美，很清丽。恰似蓝色绸缎，摸上去凉的，滑的。贴心贴肺的柔软。那晚，站在平台之上，秋风徐徐，吹动了天上的蓝缎子。如海，微微荡漾。忽然想到巴黎圣母院，一个神秘雄伟的建筑，在夜色里，一定悬挂一扇扇蓝色窗扉。卡西莫多，那个相貌丑陋，内心美丽的人，是否幽灵般穿行在圣母院每个角落，守护心中的女神。冰冷、坚硬的建筑里，悬挂一片片蓝。那是男人坚韧躯壳下的柔软么？

清丽的蓝，惊了我的眼。夜是黑色么？不，不是。她是蓝。黑色太抑郁，太低沉，压得内心喘不过气。镜头下，天露出本色。她是黑暗外衣裹藏下的蓝。登高望远，她在暗夜里散发幽微的蓝光。蓝色的夜，无法抗拒的美。我不叫她黑夜。黑，邪恶，丑陋。我不想污浊如此美妙风景。在这样的静夜里，她是不安的，狂乱的。不住地在心里游荡。蓝月亮挂了起来。月和天开始缠绵。爱情，迷离的味道，一定发生在蓝色的夜里。平静的内心，掩藏一片迷乱。唯有夜，浪漫了爱情。这样的爱情是蓝色的。

蓝莲花。来自雪山之巅，传说中的花朵。她选择高山，钟情寂寞。海阔凭鱼跃，天高任鸟飞。她自由，无拘无束，独自开，独自赏。她清高么？是，因为她内心强大。她有清高的资本。不需要赞美，不需要肯定。她独活。任凭风欺雪压，活出自我。

《布列瑟农》是马修·连恩的歌，它是蓝调的。缠绵忧郁的色彩。蓝天下，老式黑色火车，冒着浓郁的白色烟雾，穿过郁郁葱葱的森林，呼啸而去。恋爱中的女子，伫立风中，遥望火车驶来远去，无限凄楚与悲凉。火车载着爱情飞向远方。爱情在布列瑟农里，是蓝的。舒缓、沉郁、凄楚。

蓝调，来源西方。起源美国黑人灵魂乐，赞美歌、圣歌。来自心灵的音乐。它是即兴的，原始的。它呐喊，它宣泄，它是情绪的。

国家大剧院。法国安德鲁的作品。蓝调的。流畅的线条，恰似一首抒情的音乐。蓝，宁静的色彩。蓝调里笼罩着生机。安德鲁说："外壳、生命和开放，是我设计的理念。"国家大剧院，夜晚，纯净的蓝，生命的色彩，恰似一朵美丽的蓝莲花。蓝色天空，蓝色地球，蓝色海洋……蓝，是永恒，是生生不息。

青花是蓝的，附着在瓷上是静的。青花瓷，是穿着青花的女子从瓷上款款走出，倾诉心中的幽怨。告别深宫庭院，生命自由呼吸。寻一个安稳的男子，相亲相爱，安享流年。

青海湖，忧郁的湖。大地一颗蓝色泪滴。湖里流动着仓央嘉措一首又一首情诗。人们循着青海湖而去，念着他的诗而来：那一天，我闭目在经殿的香雾中，蓦然听见你诵经中的真言；那一月，我摇动所有的转经筒，不为超度，只为触摸你的指尖……

深爱蓝。在蓝里呼吸，沉淀。在蓝里浪漫，忧郁。她唯美，妩媚。她安静，沉稳。我喜欢。

黑

黑。不喜欢。压抑得喘不过来气的颜色。忧愁，抑郁。

最怕天黑。

乡村，没有灯光的夜晚，行走在乡间小道，怕极了冷不丁冒出个人，一定吓出一身冷汗。幽灵，伴着黑的。她在黑暗中，你看不见她的游走。阴冷的坟地中闪动的磷光，鬼魅的，惊心的。巴黎圣母院上空的夜，黑漆漆的，外貌丑陋的卡西莫多，隐藏在黑里，静静地守护美丽的女神。亲人的离世，到处是黑，明媚的天蒙着黑的面纱，下着看不见的雨。黑，冷到心里。缕缕的忧伤，蛇一样在身体每一个角落蠕动。

雨季，乡村，走在泥泞的小路上，绕过黑暗中的光亮，躲过水洼。玉米地，菜地，黑压压的。黑是夜的底色，天空中的星星更明亮，一闪，又一闪。月儿弯弯轻巧高悬。寂寂的夜，伸手不见五指。火车穿过黑夜流泻一路轰鸣。母亲背着病中的我，走在黑夜里。卫生所并不远，夜里，却显得那样长。母亲的喘息声，蛙声，蟋蟀声，叫不出名字的虫鸣声，在这样的夜，格外清晰。

黑，空旷的。目之所及，黑压压的。宛如夜色下的海，深远，辽阔。路在哪里？岸在哪里？人是一条漂浮在夜色中的小船，没有了方向。深秋的风，飒飒地吹来。吹不散幽暗的灯光。光，夜里唯一的暖，轻轻诉说前行的方向。驱车行驶在郊外。水样的黑，从身边潺潺流过。

黑是寂寞的。寂静的夜，着一袭白衣，独自坐在空荡荡的屋子里。夜色如水，我伸出手，触摸到夜的温度，凉凉的，柔柔的。我的指尖微凉，我听见四周倾泻而下的小溪，在我的周围潺潺地流着。窗外悬挂着一轮明月。月光皎洁，为黑夜披上朦胧的纱衣。我，成了夜的剪影。月色如烟弥漫，恍若仙境。我听见自己的心跳，听见自己的声音从心里缓缓流出。我的哀愁，在夜色里跳跃，谱写出一首抒情的小夜曲，悠悠地，悠悠地响起。响起。想起。父亲牵着我的手走过的每一个黑夜，我青春里的迷惘与叛逆，生活中每一处暗礁……

黑隐藏着忧伤。秘不示人。一切的独白说给黑夜听。黑，沉稳的智者，一点点替我梳理纷繁的思绪，洗涤落满灰尘的心。我在黑夜里疗伤。夜色是疼痛的出口，缓缓流出。素黑，奇女子。一袭黑衣，黑发。她说："最大的爱，是原谅和放生，遗弃你的，从来是你自己，不是别人。生命的目的，不为成就自己，而是学习放下。"她爱黑，爱素，爱自然。喜欢一个人，喜欢抱树，喜欢尺八。她穿出黑的素雅，演绎出黑的静默，道出黑的博大。默念这样的文字，直到黎明前的曙光爬上我的窗。

黑色给予人宽厚。教会人淡定。

我爱上了黑。这端庄凝重的色。

如墨的黑，是中国山水，点点滴滴都是倾城色。这黑，或多，或少，或浓，或淡，或纤细，或粗壮。简洁飘逸，意境深远，平淡清心。在静默中，你看到《月下泊舟图》的清幽，《移节独自还》的高洁，《渔村夕照图》的旷远。

黑，如此的美好。

第一次，我一袭黑衣。我望着镜中的自己。长发，黑衣。我如此的从容和淡定。我在黑色里绽放。我看到自己的生命，在岁月的河里，沉淀下两个字：静气。静气多好！这是时光送给我最好的礼物。我在聒噪的世界独行，经历世间坎坷，学会从容坦然。黑，它是冲破黎明的黑暗。希望，在黑里酝酿，厚积薄发。

黑，妖媚的花朵，高贵优雅。黑色晚礼服，宴会上占尽风头。红地毯行走的黑衣女子，绚烂夺目。京剧脸谱，它是忠义，勇敢，正直的象征。它压抑么？不。它摩登，压众。它是一种气场。一旦袭来，压倒群芳，任何的色，飘飘然了。

岁月沉淀，黑，袭击了我的秋天。爱了黑，我的倾城色。

第二辑　流光

每个人的爱情，每个人的生活，

都是春暖花开。多好！

山盟在，春也在，爱仍在。

帘卷西风，人比黄花瘦

深秋，踏香而去，菊花开得正欢，正艳，正妖娆。寻寻觅觅，不知不觉走到李清照纪念堂前。朴素建筑，清新，低调。木匾上六个清秀流畅的书法，恰似宋词清丽。门前两侧开遍菊花，许是深秋缘故，那黄的、白的、紫的菊花，放肆地开着。

"莫道不消魂，帘卷西风，人比黄花瘦。"这不解风情的菊花啊，哪里知道李清照思君的愁绪，自顾自地欢喜。重阳节，装满思念，携手登高望远，如今孤身一人。夜沉沉，凉似水，孤枕难眠，喝一杯菊花酒，饮下悠悠思念。借着皎洁月光，提笔，写下"人比黄花瘦"这无人超越的千古名句。相思瘦了容颜苦了心。赵明诚看到《醉花阴》何等心痛。痛自己不能佳节陪伴爱妻把酒言欢，喜自己怀抱才子佳人赛神仙。

"满地黄花堆积，憔悴损，如今有谁堪摘。守着窗儿，独自怎生得黑？梧桐更兼细雨，到黄昏、点点滴滴。这次第，怎一个愁字了得。"秋风萧瑟，懒梳妆，倚着阑干，看着院中菊花，一瓣瓣凋零。哪有闲情逸致采摘，任凭菊花枯萎。没了深爱的人，菊花再美，也幸福不了自己。漫漫长夜，独守青灯，窗外的雨，滴答，滴答，声声痛在心里。

一样的菊花，一样的颜色，一样的硕大。不一样的是心境。两首描写菊花的词，早已物是人非，阴阳两隔。人比黄花瘦。思念虽苦，但夫君在，幸福在，有盼望，有喜悦。满地黄花堆积。堆积的是一日又一日的孤独，愁绪，痛苦。因为爱，才会痛。今日黄花已非昨日。此情只待成追忆。忆，红袖添香夜读书；忆，吟诗作赋乐陶陶；忆，邀月同饮菊花酒；忆，夜夜缱绻情意深。

今天，很多人不再相信爱情。爱人去了，如同一枚日历，翻过去，新的一天即将开始。痛苦是春天融化的冰。天暖，冰消融；即使爱人在，又有多少爱情深爱，又有多少爱情已远。通信技术发达的今天，爱情抵挡不了都市繁华与诱惑。守着家，守着与他人的爱。是古人爱情坚韧？还是现代人爱情脆弱？今人的爱情，来得快，去得快。像流星，在天际划过幸福。像闪电，刹那耀眼。随即平淡消失。是年轻时我们不懂爱情，还是选错了人？是古时爱情来得不易需珍惜，还是今天的爱情，遍地可寻不珍贵？走进围城的你，还会一地相思，两地闲愁？还会"莫道不消魂，帘卷西风，人比黄花瘦"？还会"凉生枕簟泪痕滋"？叹，白居易爱湘灵爱了35年，每每想起泪沾衣襟。叹，陆游与唐婉（也作唐琬，一说为唐氏）的爱情，棒打了鸳鸯，相见时两眼泪汪汪。在沈园的墙壁，两个人一唱一和诉衷肠，哀怨中唐婉红颜薄命。

走进漱玉堂。白色两米多高的塑像矗立眼前。李清照安静如菊，右手轻握书卷，左手自然垂落。清瘦，书卷气的女子。那神情，自然安详。她就是开在深秋的菊，清静，高洁。站在她的面前，宛若看到女词人一生的幸与不幸。你，是那个蹴罢秋千，起来慵整纤纤手。露浓花瘦，薄汗轻衣透的少女么？你是倚门回首，却把青梅嗅的一代词人么？那一年夏日，你放下手中的笔，安坐秋千架，在庭院中小荡秋千。欢笑在凉风中轻荡。汗湿了衣襟，凌乱了发髻。却不知，那个你一生执念的男子，衣袂轻扬，远远注视你的欢颜。待回首，你慌乱跑回闺房，顺手拿起一颗青梅掩饰内心的娇羞，倚着门与他相望。一见钟情，一世的情缘。只这一个刹那的惊心。你，前半生是天堂，后半生是地狱；前半生是甜蜜，后半生是苦涩。

春暖花开，你和他挽着手行走在街边，享受春风和煦，日光澄澈明媚。你卖花担上，买得一枝春欲放。你云鬓斜簪，徒要教郎比并看。他看着你，嘿嘿一笑，不语。你啊你，让他如何说出真意。你是他的暖，他的人间四月天。花再美，也是刹那。怎么比得了他一生的浅喜深爱。自从第一眼见到你，他醉倒在你清丽的容颜、横溢的才华里。他爱上你的调皮，争宠。哪怕一朵娇颜的花朵也不放过。这样的争宠，他心知，你爱他，情深似海。

无论自是花中第一流也好，此花不与群花比也罢，这就是李易安清高、孤傲性格的写照。这样的性格，浓烈的爱，造就了坚忍的性格。赵明诚死后被人诬陷，一个弱女子，拉着金石古物，追赶并送给朝廷，以表爱国，为死去丈夫表明洁。一路颠沛流离，一路古物流失，一路被抢被劫，历尽艰辛。祸不单行。被骗了婚。大家闺秀，惨遭毒打，在贞洁盛行的宋朝，她宁愿忍受牢狱之灾，也不愿忍受家庭暴力，毅然离婚重获自由。这，何等坚韧。人言可畏。"今年恨，探梅又晚"，"髻子伤春慵更梳，晚风庭院落梅初"。她爱梅花，在她笔下不乏梅花词。她爱梅花高洁、坚韧、不屈不挠的秉性。她是开放在早春的梅花，一枝独放。人言在她面前望而却步。托物以言志。这菊，这梅，象征她的高洁，坚韧。

爱多深，苦涩有多深。"梦断漏悄，愁浓酒恼。宝枕生寒，翠屏向晓。门外谁扫残红？夜来风。玉箫声断人何处？春又去，忍把归期负。此情此恨此际，以托行云，问东君。"夜寂寂，声声更漏，敲打宁静。梦中初相见的美好。醒来，宝枕寒凉，悲寂寥。借酒浇愁愁更愁。风吹落一地花瓣，一地破碎的伤心。动荡年月已成往事，心已倦，泪无声，无人倾听细语。独自怎生得黑？爱人逝去，她的幸福成为遥远的绝响。他是她的春天，他是她一树的花开，他是她一生的暖。人不在，春天还要来，李清照的春天，落红的不是花瓣，是爱情消逝的破碎。

在她的雕塑前，思绪绵绵。我看到女词人坎坷一生。国破了，家亡了，爱人逝去了，陪伴她的，是怀春少女恋爱的甜蜜，相爱时的温馨。她把曾经的清欢，温馨，封存一坛记忆的酒，夜深了，酌一杯甜蜜，化解忧愁。岂不知，月上楼头，愁更愁。

她说，李清照尽管后半生孤苦，毕竟前半生的幸福可珍藏。很多今人没有爱情可酿成美酒。

红颜知己的夫妻很少，有爱情的婚姻还是很多。爱情在日常的一粥一饭里褪了色。褪色的爱情还是有爱。捡拾爱的点点滴滴织成锦绣，一针一线。回忆，珍藏。守着幸福，守着曾经的爱，经营现在的情。他远去，发个爱情短信："莫道不消魂，帘卷西风，人比黄花瘦。"送一束百合给现世的爱情，云鬓斜簪，低低问君一声：徒要教郎比并看？

天色向晚，在夕阳中踏香而去。回眸，一座民居建筑，沐浴在落日余晖中。我仿佛看到她守着窗儿，哀怨：独自怎生得黑？

山盟虽在，锦书难托

夜未央，起身，独坐窗前。

窗外路边的灯火安静地亮着。夜很静，偶尔瞬间即逝的车灯，在室内洁白的墙壁上投下斑驳的光亮，一闪而过。窗台上的绿萝在昨晚水的滋润下郁郁葱葱，支棱着叶子，调皮地扬着头。勿忘我开了一个月了，花瓶里的水已干，但紫色花朵依然妖娆着。勿忘我，生命力极强的花朵，我喜欢。无言的生命，绽放在窗前，映衬在黑色的幕布下。

执一支瘦笔，铺一纸素笺，提笔写下陆游的绝笔《示儿》："死去元知万事空，但悲不见九州同。王师北定中原日，家祭无忘告乃翁。"

陆游，字务观，号放翁的男子，临终前，一身瘦骨，躺在床榻，他用一生仕途的奔波，失意；一生爱情的痴迷，怀念；一句"死去元知万事空"，道出生命的真谛：本来就知道人死去，什么都没有了。一个空字，生不带来，死不带去。曾经的爱恨情仇，曾经的辉煌失意，一切的一切，在生命旅途中画出并不圆满的句号。

陆游，衣袂飞扬的男子，一个"但"字，一个"悲"字，一个"告"字，一腔终身报国之志，一腔爱国之情，抒发在这几个字里。一生爱国，一生失意，至死也未能看到祖国统一，留下终身遗憾。然，他的一首《示儿》，以爱国诗人的情怀，教育，影响后人。每当读这首诗的时候，我的眼前，总会出现他瘦削的面孔，稀疏的胡须，浑欲不胜簪的发，还有那双死不瞑目，凹下去的眼睛。

想到陆游的绝笔《示儿》，我不由得想到南唐李后主的一阕词："春花秋月何时了？往事知多少。小楼昨夜又东风，故国不堪回首月明中。雕楼玉砌应犹在，只是朱颜改。问君能有几多愁？恰似一江春水向东流。"一首春花秋月何时了，一句故国不堪回首月明中，葬送了李煜的生命。身为亡国之君，酒醉之后，吐了真言，被赐予牵机药，葬送了性命。这一阕词，是李煜绝笔，是千古的绝唱。

陆游，李煜。一个诗人、一个词人，一个臣、一个君，一个恨国不能统一、一个愁沦为亡国之君。而这一诗，一词，都是他们爱国诗篇的绝笔。喜欢哼唱《春花秋月何时了》，悠扬曲调，唯美歌词，寂寂的夜，格外凄美。也许，是作品思想感情共同之处，读到《示儿》，不由自主想起李煜。我钟爱的一代词帝。

"死去元知万事空"凄凉，无奈，感伤。陆游把他的子孙叫到床前，仅仅嘱托王师北定中原日，家祭无忘告乃翁么？我想，他临终前的牵挂不止于此吧。他还会想到陪伴他走过一生的女子，唐婉、宛今、蜀中妓、小伶、绿绮。开在他生命里的女人花，陪他在漫漫人生路行走的女子。或长久，或短暂，一路绽放，一路凋谢。有的开在家中庭院，有的落在别院留香。唐婉，是他生命里的最爱。昙花一朵，灿灿绽放，凋零在陆游年轻的生命里。他难以用一生的悔恨，弥补对唐婉的愧疚。

红酥手，黄滕酒，满城春色宫墙柳。东风恶，欢情薄，一怀愁绪，几年离索。错错错。春如旧，人空瘦，泪痕红浥鲛绡透。桃花落，闲池阁。山盟虽在，锦书难托。莫莫莫。

钗头凤·陆游

我在读到这阕词的时候，真是百感交集。这首词，是陆游与唐婉分别十年之后在沈园再度重逢时感慨万千，挥笔书写的千古绝唱。一怀愁绪，几年离索。那是怎样爱的疼痛。春天，来了又去了。山河依旧。可是，相思瘦了彼此的容颜，苍白了岁月。再爱，再念，夜再无眠，再精彩的词句，再真情告白，那又如何？山盟虽在，锦书难托。他已为人夫，她已为人妻。唐婉看到陆游在沈园留下的诗句，泪流满面，纤纤细手写下如下的词句回应：

世情薄，人情恶，雨送黄昏花易落。晓风干，泪痕残。欲笺心事，独语斜阑。难，难，难！人成各，今非昨，病魂常似秋千索。角声寒，夜阑珊。怕人寻问，咽泪装欢。瞒，瞒，瞒！

钗头凤·唐婉

世情薄，人情恶；欲笺心事，独语斜阑。内心孤独的唐婉，独倚高楼，爱恨交加。她恨陆游软弱，在陆母的强烈要求下，一纸休书休了自己，结束了一段恩爱情缘。爱情，如果真的可以遗忘，我们何必走上奈何桥，喝一碗孟婆汤。何必在两个人十年后的相见，两眼泪汪汪。陆游伤感至极，挥毫疾书。唐婉也哀怨地写下，"怕人寻问，咽泪装欢。瞒，瞒，瞒！"的词句。

休妻，心灵的羞辱。一个威逼，一个执笔。青梅竹马的两个人有何过错。爱就是错。深爱是错上加错。只因爱的太深，太真。陆游沉浸爱里难以脱身，忘记光荣耀祖的使命。陆母认为唐婉是造成陆游不求进取的罪人，怪罪于唐婉。其实，年轻的陆游本不想追求什么功名，有个深爱的妻安享流年也是不错的选择。唐婉不求陆游什么功名利禄，只要一个爱他的夫，过着简简单单的生活，足矣。

母以子贵。陆母怎么能容忍这么荒唐的想法。唐婉，被送回娘家。我不知道陆母的一生，是否爱过。我想，她一定没有深爱过陆游的父亲，即使爱，也不会如唐婉与陆游一样深。因为没有经历深爱，无法懂得被生生拆散的疼痛。如果自己幸福，为他人祝福幸福；如果自己不幸福，祈祷他人的幸福。孩子的幸福，就是母亲的幸福，这才是温柔的母亲形象。一切的功名真的比孩子的幸福重要么？陆游仕途上坎坷，深爱的唐婉也从自己生活中消失，他还能有什么？只留下空悲切。

唐婉是不幸的，也是幸福的。她遇见了宽容、善解人意的赵士程。他被两个人的故事感动。在沈园，当陆游偶遇唐婉，他同意两个人相见。唐婉的心乱了。本以为十年时光流逝，爱付诸东流。可是，当她遇见陆游，爱情死灰复燃。她知道，时间可以葬送青春，永远埋葬不了爱情。她爱着陆游，如十年前一样深。伤心，流泪，痛苦，怏怏而卒。我不知陆母听到唐婉死讯是否有过自责，如果念及是唐婉姑母，曾经的儿媳。如果还有女人柔弱之心。

我是很喜欢赵士程的。温婉的男子，体贴人意。可是，唐婉无法从对陆游的爱中自拔，用新爱弥补旧伤。他是谦谦君子，在那样的社会多么难得。可是他无法享受唐婉的爱。我想到了梁思成，同赵士程一样令人敬仰。当林徽因真诚地告诉他，她同时爱上两个人，不知如何是好时，梁思成矛盾痛苦，苦思一夜，说，你是自由的，如果你选择金岳霖，我祝你们永远幸福。林徽因原原本本把一切告诉金岳霖。金岳霖也是一个君子，他的回答更是率直坦诚令凡人惊异。他说，看来思成是真正爱你的。我不能去伤害一个真正爱你的人，我应该退出。从此，两家人比邻而居，如亲朋来往。君子是什么，是做人的真诚，坦率，对一切人，一切事的宽容。君子的胸怀比海辽阔。

爱是令人疼痛的。李煜孤苦伶仃时，想到娥皇。他深爱的妻。陆游想到唐婉，那个被称作惠仙的女子。两个人分别是他们生命里钟爱的女子，生命里第一个女人。不幸的是，他们都没能好好地呵护这份爱。两个女人生命如烟花绽放，瞬间即逝。再回首，两个男人一生都不能忘怀曾经的海誓山盟，曾经的缱绻缠绵。他们怀揣着思念度日，直至生命完结的那一天。

世间最纯美的爱，恐怕是生命中，第一个走进自己心中的那份情吧。那种爱，最纯洁，像一朵白色的海棠花，无瑕，透明。

抬头，我看到天边露出鱼肚白。思绪任意飞扬。脑海中，留下沈园墙壁上那阕词，春如旧，人空瘦，泪痕红浥鲛绡透。桃花落，闲池阁，山盟虽在，锦书难托。

又是一年的春天了，春天，就是这样，匆匆的来了，匆匆的去了。一年又一年。每个人的爱情，每个人的生活，都是春暖花开。多好！那样，山盟在，春也在，爱仍在……

其实，爱情，就是那棵开花的树，有花开有花落……

人在谁边？

人在谁边？人在谁边？

当纳兰看见风流倜傥、王者之气的康熙，顿时呆住。眼前的皇帝，才华横溢，气吞山河。他看着康熙，想到了与之朝夕相处，荣升静妃的青梅。如梨花洁白，如莲纯净的青梅，在他身边定会找到过去的自己，定会和他相濡以沫。他想问一问青梅，话到嘴边，难以启齿。想必，康熙一定知道他们之间的故事，一个不提，一个也不便问。即使如胶似漆，即使知音相遇，两个俊朗的男子，爱上同一个人……纳兰的心百感交集，一半辛酸，一半慰藉。辛酸的是，青梅竹马的一段恋情，来不及牵手，就烟消云散。

那一夜，他失眠，辗转反侧。静数秋天，过去多少个日子，不能相见。寒冷的除了季节，还有心底的凉，宛若秋风、秋雨。只在梦中，遇见她的影。浅浅的微笑，深深的情，安抚寂寞的夜。谢娘别后谁能惜？有天子陪伴，有爱在她身边，青梅是否还会记得自己？朦胧中，纳兰似乎睡去，一夜的梦，一夜的思念，一夜的泪痕。

门当户对，拆散多少恩爱鸳鸯，酿成多少悲剧。这观念，直到今天，不停生着根，发着芽。是一场寒疾，打垮纳兰么？不，不是。那是积聚在心中的思念。初恋，很美。真的，很疼。这疼，一天又一天折磨着他，最终爆发，卧病在床。纳兰，才华横溢，英俊潇洒，京城家喻户晓的神童。人生旅途，仅仅活了31个春秋。纳兰明珠，白发人送黑发人。那是纳兰明珠一生的悲哀。纳兰，为情而生，如果没有当初父母的阻挠，他与青梅，两个人白头偕老，共度漫漫人生路，也许，生命时限，不会如此短暂。纳兰微弱旦夕，当他躺在青梅怀里，寻到久违的温暖，他清醒了。青梅，是他一生牵挂，一生愧疚。所幸，上天在青梅之后，赐予他美好的意梅。

青梅离开明府，静悄悄。没有怨，没有泪。因为爱。爱是为了心爱的纳兰，找到最好的幸福，找到与他门当户对，为他锦上添花的如意爱妻。她自己，没有高贵血统，不能以纳兰为夫。即使再爱，只能埋葬情感。相爱的那一天，聪慧的她就预知结局。她总是平淡地送给纳兰一抹微笑。微笑里，是深刻的爱。看似平淡，内心似海深沉。爱的浪涛再汹涌，脸上依然平静似水。这就是她，青梅。荣辱不惊。爱情的幸与不幸，深藏在淡淡的微笑里。

青梅的父母，默默接走女儿。青梅美貌如花，清净如莲。这样的女儿，不属于民间，他们深知。对纳兰明珠的怨，为女儿一生幸福着想，他们将青梅送入宫中。静美的青梅，在三千佳丽中，选为康熙爱妃，一直被康熙宠爱，爱着。纳兰明珠，知道青梅的归宿，那一刻，他不会无动于衷，自己竭力阻挠的一份爱，铸成康熙与青梅一段美好姻缘。为什么青梅能够嫁给康熙，不能嫁给纳兰？这是纳兰一家的悲哀。纳兰明珠再高贵，高贵不了天子。康熙慧眼识珠，选青梅为妃。青梅脸上那抹微笑，日日在天子脸上荡漾。那是康熙脸上爱的阳光。可惜，懦弱的纳兰，无缘享受。哪怕，抗争一下世俗也好。他接受这份无奈。纳兰生命短暂，是对纳兰父母歧视的诅咒。没有当初，也许纳兰还活着，他的词作更多流传世间。

这是宿命的安排，这是因果报应。种下什么因，就会结什么样的果。

青梅，柔弱女子。心底清凉如水，坦然听从命运安排。好与坏，都是活着。留下一份安静从容就好。一个年轻女子，无言中，看透人间是是非非，独享属于自己的平淡生活。无论贫穷还是富贵。没有大喜大悲。她依然想着纳兰，那是藏在她心底的爱。有思念，有牵挂。她知道康熙对她的情意。爱她，宠她。

纳兰与青梅。因为青涩，所以深刻。这就是初恋的纯净与美好。

纳兰大病初愈，看到明府中那片蓝天，目睹日光灿烂。多情的他，怀想青梅，也期待美丽的新娘，新爱掩盖旧伤。忘记从前，重新开始。生活还要继续，日子还要长流。

青梅，就是那张薄薄的日历，旧的日子，翻过去，新的一天，重新开始。偶尔记起，已成过去。深爱，被如水的日子冲走，由大到小，由小到无。思念，在不如意的日子里回忆。幸福的日子，如烟，无影无踪。这就是情感。真实而又无奈。

意梅，走进纳兰生活。她的懂得，走进纳兰的心。她说，让我看见你的幸福，我也要让你看见我的幸福。两个人，白天泛舟湖上；夜晚，红袖添香夜读书。恩爱的夫妻，夜夜的缠绵。不知道纳兰，欢娱之时，是否还会记得青梅，内心是否留有青梅一席空间。新的爱情来了，旧爱真的能忘记么？

命中注定，纳兰，就要结识梅花一样的女子。一个青梅，一个意梅，名字中都有个梅字。是巧合，是缘分，也是上天安排。两个如诗的女子，对月抚琴，吟诗作赋。意梅，聪慧的女子，大家闺秀。她深爱纳兰，深知曾经的爱，带给他的疼痛。她用女人的柔情，温暖纳兰感伤的心。意梅，是安稳的港湾。纳兰把自己的心停靠在这里，享受温情。他深爱着意梅。意梅，是暖，温热了纳兰冰凉的心；是药，为纳兰受伤的心疗伤。

意梅，在纳兰最孤独，最痛苦的日子里，给了他暖，给了他幸福和安稳，给了他懂得和慈悲。三年，多么幸福的时光，来不及咀嚼，来不及回忆，命运毫不留情夺走爱妻生命。他怀抱爱妻渐渐凉下去的身体，泣不成声。

意梅，带着微笑离开。嫁给纳兰，她深爱的男子，留下他的骨肉，死不足惜，一生无悔。爱过，生命再短也是漫长。

情到深处。纳兰，如青梅的离去，再一次病倒。他思念意梅。三年，聚少离多。纳兰给她的爱太少，她给自己的暖太多。自己还没有好好爱她，好好疼她。想疼了，连一丝机会也没有。青梅来了，大度的康熙念及两个人的兄妹情深，准了她的假。纳兰明珠面对静妃，他该作何感想？悔恨，还是内疚？如今的青梅，早已换了身份。纳兰明珠只能仰望。青梅为了纳兰，不计前嫌，走进明府。只因一个"爱"字。如果，记恨纳兰父母，她再不会踏进明府半步。伤心地，不愿触景生情。可是，纳兰病重。恨与怨在心爱的人生命面前微不足道。青梅，抱着纳兰。爱的温暖，唤醒了他的生命。

纳兰与青梅的爱像水，纯净；对意梅的爱，是炎热的夏，热烈；与江南沈宛的爱是相遇知音。

沈宛，江南名妓，早闻纳兰大名，一面之交，就交出真心。她抛弃一切来到京城，与纳兰走到一起并产下幼儿。她一直不被明府接纳。青梅干净的身世，遭此待遇，沈宛更是如此。即便能歌善舞，吟诗填词，也脱不了一个"妓"字。纳兰在沈宛的怀中走完短暂人生路。纳兰走了，京城还有什么留恋。凄凉的沈宛，离开位于德胜门的小小院落，消失在茫茫人海。也许，她回到江南，她的故乡，怀念中走过余生。

其实，在纳兰不长的生命里，还有傲慢的官氏，平淡的颜氏。只不过这两个女子，太过平常，纳兰无法容纳。没有爱的婚姻就是一杯没有味道的白开水。

纳兰短暂生命里的五个女人，真正走进他心灵里，是青梅，意梅和沈宛。她们陪伴纳兰走过生命最美时光。一个女人接替另一个女人，延续着对纳兰的爱。纳兰深刻地爱过，也被爱过，生命虽短，于爱情而言，也长。

纳兰被人们记得，不仅仅是他的词，还有一段段美好的恋情。纳兰是幸运的，一次次遇见，一次次相爱，一次次刻骨铭心。他最爱谁？是青梅？意梅？沈宛？纳兰都爱。谈不上谁是他最爱。就像一年四季，春夏秋冬，各有独特的美，独特的风格。爱在纳兰心里很重，每一次失去，他都大病不起。似乎又很轻，旧爱去了，新爱很快来。来的时候狂风暴雨，去的时候云淡风轻。

爱情，是纳兰的生命。没有爱情，他的生命宛如一片干涸土地，少了生机。他期待爱。付出的爱，不如得到的爱多。青梅在他去世半个月，没有任何征兆死去；意梅临死前，凝视纳兰，微笑着；沈宛在纳兰死后，悄悄离开，不知去向。

纳兰情很重，也很轻。旧爱走了，新爱来了。他不会坚守任何一段感情。他是一棵爱情的树。阳光，雨露，滋润着他。没有爱情，他的生命注定苍白。

捧读纳兰的故事，心，沉沉的。沉沉的是故事，是爱情。海誓山盟，你是我永远的最爱……其实，爱情，就是那棵开花的树，有花开有花落……

纤手破新橙

寒冷冬日，离开城市喧嚣，到外公家小住。年逾古稀的外公藏书不少，他安坐于炉火旁的竹椅，看宋词，一本泛着黄的书。凑去前看，正翻到周邦彦的《少年游》：

> 并刀如水，吴盐胜雪，纤手破新橙。锦幄初温，兽烟不断，相对坐调笙。低声问向谁行宿，城上已三更。马滑霜浓，不如休去，直是少人行。

看罢，忍不住想笑。这阕词少女时代阅读过，独喜"纤手破新橙"这句词。洁白纤细的手指，轻轻拨开橘红色的橙子，露出鲜嫩的果肉，香甜的汁水。不吃，看着那破开新橙的手，也美。一双玉手，别说男人喜欢，女人也艳羡不少。经历人间过往，多年后，再读这阕词，读出别样的味道。看来，词是需要反复读的。不同时间，不同心境，感觉不同。

读了这阕词，我倒真喜欢宋徽宗了。他身边三千宠妃，却爱上汴州名妓。李师师艳满京城，才情容貌非常人能及，难怪徽宗见到她认为白活很多年。隔三岔五以体察民情为由与师师寻欢作乐。徽宗爱上李师师外貌，也遇到了知音。周邦彦这阕词，就被粗心的她用婉转的歌喉，唱给了徽宗听。两个人琴瑟相合。知音难觅，何况两个相爱的人。今天的爱情，寻觅的爱少物多。美好的爱情，被现实击得七零八落。曾经的山无棱，乃敢与君绝，无人能够承受。今天海誓山盟，明天就劳燕分飞，我们很难相信爱情长久。是我们太现实了，还是爱情太脆弱？是我们遇不到知音，还是在寻找物质基础上的爱情，导致的结局？

徽宗的浪漫，对李师师的疼爱，就在这一个橙子里。只为送一个橙子，在霜浓的日子，大老远的前来，为了让佳人品尝新橙。古人的浪漫，只一个橙子，足矣。疼爱，不在金银首饰贵重物品，那颗心就够了。今人，还有谁，为了一个新采摘的橙子，亲手送给亲爱的人。不是我们不浪漫，我们太看重物质价值，忽略比金钱更重的爱情。浪漫与金钱无关，与爱，与牵挂有关。

如果说，徽宗是个浪漫之人，李师师柔情似水更惹人爱怜。

兽烟不断，相对坐调笙。屋内香气氤氲，两个人对坐，李师师调着笙，试着曲调，吹奏美妙的曲子。窗外明月如水，良宵美景。可惜了周邦彦在床下煎熬。说来也真不巧，周邦彦去找李师师，偏偏遇到了徽宗光临。不得已，堂堂大学士趴在低矮黑暗的床下，大气不敢出。在寂静的夜里，听着两个人温柔的情话，什么样的定力，才能减少心里的醋意。不过，正是因为这样的插曲，他聆听了两个人的情话，流传下这阕词。

"低声问，向谁行宿？城上已三更。马滑霜浓，不如休去，直是少人行。"李师师是在试探？还是真要挽留宋徽宗？她明明知道周邦彦屈尊在床下。不管哪种心境，不管是真是假，足以赚取徽宗刹那欣喜和深爱。"低声问"，多美妙的三个字，挽着高耸发髻的她，道尽了一低头的温柔。娇媚可爱的模样跃然纸上。

马滑霜浓，不如休去，直是少人行。街边霜浓，载着皇帝的马儿稍有闪失，伤了龙体怎么了得。天色已晚，要走快些走吧，不走，就留下来。李师师温柔可人，无论真情假意，体贴的话语，足以令徽宗倒进温柔乡里。幸亏皇帝身体欠安，抽身离去。否则，这一夜，床下的大学士，怎么挨过漫漫长夜。

才情是天赋，也是后天所得。再好的容貌，也要交还岁月，女人容貌的艳丽也就那么几年。李师师仅有惊艳的外貌，即使吸引徽宗，也就几年光景。真正的爱恋，是李师师温婉灵秀的气质。那气质是骨子里的才情。有才有貌，是上天的垂爱。徽宗爱上倾城的她，遇到了生命里的知音。两个人调着笙，唱着曲，一夜欢歌，一夜缠绵，有歌，有酒，有缠绵，有美景。虽然不是红袖添香夜读书，歌舞升平恰似神仙。爱一个人，从最初的容貌开始，贪恋一个人只因她身上独有的气质。那气质，与学识有关。艺术养人，艺术造人。人在艺术里从庸俗到儒雅。学识培养了气质。女人没有花容月貌，有了气质，也耐人寻味。在俗世行走，阅读大街小巷的人，在她们身上，你能读出女人的品位，素养。女人的确因为可爱而美丽。

没有才情，没有容貌，不如做个温柔的女人。低声问，向谁行宿？城上已三更。马滑霜浓，不如休去，直是少人行。多体贴的话语。低低地问。为他着想。体贴周到的温情。这样的语言，怎么不令人心醉。再强悍的男子，也会击到他内心柔弱的一角。女人是水做的。她是春天绵绵的细雨，不是夏日里狂风暴雨，也不是冰凉的秋雨。

李师师，有倾城的色，有才情，也有女人的柔美。而现实生活中，集才貌于一身毕竟是少数。更多的女人不是缺了才，就是缺了貌。但是唯一不能缺的，就是两个字——温柔。正如徐志摩诗中所言，最是那一低头的温柔，像一朵水莲花不胜凉风的娇羞。做一个大女人好，做个小女人也自有味道。不求多才多艺，不求倾城的娇容，只求低声问：向谁行宿？城上已三更。马滑霜浓，不如休去，直是少人行。

当黄昏遇上爱情

落日黄昏，瘦削的枝头挂着一轮红日。水洗般清澈明亮的美。那红，染了西边的云彩。冬日的黄昏，尽管天冷得出奇，因了这日光，变得温暖，美丽。一天之中，我爱早晨的朝霞，黄昏的落日。这份喜欢，既是新生活的开始，也是忙碌结束后，回归内心的喜悦。

太阳还没有隐没在山脚。西窗外，还是火红。独站高楼，看着落日缓慢西斜。自然的美丽，在刹那的时光里。第一次爱上黄昏，在后海。在桥头，我看到夕阳染红了天，那红，艳艳的，流泻到湖水里。湖水红了，白色拱桥，夏日葱郁的树，小船，好美的黄昏。黄昏是摄影师的独爱。因日光的柔和细腻，成为他们眼里最美的风景。也是，我的。

手捧一卷书，临窗而坐，思绪在遥远的黄昏里。美丽多情的黄昏，载着无数的孤独与寂寞。那个女子说，欲黄昏，雨打梨花深闭门。读李重元的这阕词，一下子被吸引。这门，是柴扉？不，还有那扇心门。黄昏了，天要黑了，是远去的归人回来的时候。她独倚高楼，望穿秋水：远处，碧草流入深远的古道，远方的他还没有回来。一日又一日。杜鹃啼鸣，声声悦耳。在思妇的心里，平添无限愁绪。她怕鸟儿鸣叫，怕漆黑的夜。落日前，急急地关上房门。

归人不归，何必留着希望。无限的希望，就是更深的失望。不再思他，不再念他。思念反而随着太阳落山，越发的深了。孤独的背影消失在掩着的柴门里。关上了柴门，关不住的是寂寞。

萋萋芳草，柳外高楼，杜宇声声，雨打梨花。不多的字中，凝聚成两个字：孤独。这份寂寞在孤独里，随着夜深，思念反而更重。雨打梨花。娇美的容颜，苍老在等待的岁月里。两行清泪，在她美丽的容颜上流淌。思念化成点点相思泪。流在夜深人静的深闺里。一切景语皆情语。这景，由远而近，这情由外而内。这相思，在黄昏里格外的浓了。

关于李重元的生平很少。李重元是他还是她。有资料用的是"他"字。如果是"他"，这王孙，想必就是诗人自己。他把自己对她的思念，以她的口吻，诉诸笔下。她的思念，就是他的思念啊。如果是"她"，每一个字里，都饱含着相思的情谊。李重元，传世词作仅《忆王孙》四首，这一首为其四首中的春词，也是流传最广的一首。无论是他还是她，现实生活中，他们一定有着美满婚姻，才会有思念的疼痛。"明月斜侵独倚楼"，"独拥寒衾不忍听"。这两首词中，两个"独"字，写尽了孤独和伤感。也道出了曾经相守时的爱与缠绵。爱得深，思念重。

唐代文学家温庭筠《望江南·梳洗罢》："梳洗罢，独倚望江楼。过尽千帆皆不是，斜晖脉脉水悠悠。肠断白蘋洲。"同样刻画了登高远眺的思妇形象。一条又一条的船儿从江面划过，哪个船头肯为自己停留，送回朝思暮想的他。黄昏时的梳洗，只为心爱的人。等待着远方的他归来，看到美貌如花的自己。何等的欢快与爱慕。欢快的心情，等来的，却是过尽千帆皆不是的失落。

无论是李重元的词，还是温庭筠词中的她。无论孤独还是失落，在对归人的盼里，是无尽的相思，无尽的爱恋。相思的疼痛，藏在昔日的幸福里。

李清照的黄昏又是怎样的呢？

"满地黄花堆积。憔悴损，如今有谁堪摘？守着窗儿，独自怎生得黑？梧桐更兼细雨，到黄昏，点点滴滴。这次第，怎一个愁字了得！"

守着窗儿，独自怎生得黑？古人向来是伤春悲秋的。李清照的秋天更是悲凉。一个人守在窗边，孤单落寞，怎么容易挨到天黑！到黄昏时，又下起了绵绵细雨，一点点，一滴滴洒落在梧桐叶上，发出令人心碎的声音。对于相爱的人，时间飞流而逝。孤独的她，守着窗儿，就是守着寂寞，这寂寞，从黄昏到天黑，比一个世纪还要长。这阕词，是李清照后期的作品，前期作品中的清新欢快，浅斟低唱，已经埋葬在国破家亡，夫死伤心地了。如果说，李重元的黄昏里是孤独寂寞的，温庭筠的黄昏是欢快失落的，他们还有幸福的等待。李清照远没有那么幸福，她的黄昏，是满地凄凉，幸福在赵明诚死后成为遥远的回忆。秋思绵绵，在幸福失去的伤痛里，曾经的恩爱，连回忆都不敢有，每每想起，只能听见黄昏寂寞里心碎的声音。

一样的黄昏，一样的孤独。一个放在等待中，一个留在回忆里。黄昏，是归来，是相聚，也是孤独和寂寞。

夕阳，很美。如梦如幻，转瞬即逝。在悠久的古文化里，一个意象，一份思念。它没有《回家》萨克斯曲的悠扬，它是静美的，情深的。现代生活的我们。当我们深爱的人远在天边，我们还会欲黄昏，雨打梨花深闭门？还会梳洗罢，独倚望江楼？还会守着窗儿，独自怎生得黑？是我们爱得不深了，还是在忙碌中忽略了爱情？是我们相处的时间长了，把一杯爱情的香茗喝到了无味？是我们洞彻了人生，活得太现实，不需要生活中的诗意？

　　我们总是用"两情若是久长时，又岂在朝朝暮暮。"安慰自己与爱人的分别。我们总是劝慰自己，没有她或他生活得会更好。是我们的心太脆弱，无力承载沉甸甸的爱情，还是古人的情比我们更重?

　　我们无视了多少美丽的黄昏，丢失了多少诗意的爱情。是古代女子更懂得深爱，还是我们在生活的忙碌中缺乏了诗意。是古代女子更懂得独守寂寞，还是社会的喧嚣，我们丧失孤独的权利。

　　今天的环境，我们有足够的媒介填补内心的空虚。孤独，寂寞离我们越来越远。我们学会为自己的心灵疗伤，学会用不同的内容填补我们苍白了的心。爱情学会了流浪。一段爱情去了，新的爱情马上会来。是我们爱得不深，还是不够。是我们活得太现实，还是缺乏守望爱情的执着心。如果给你选择，你愿意做一个时尚女郎，让爱情随遇而安，还是甘愿做一个古代女子，守着一抹夕阳，等待深爱的人，千里迢迢地归来。

　　夕阳很美。爱情在黄昏彼此的相守里，孤独的守望中，更美。守望现代人的爱情，守望今天的幸福，守望生活中的诗意。

桑之落矣，其黄而陨

静夜，无睡意。独守青灯，摊开一张白宣，用工整的小楷抄写
《卫风·氓》。

桑之未落，其叶沃若。于嗟鸠兮，无食桑葚。于嗟女兮，
无与士耽。士之耽兮，犹可说也。女之耽兮，不可说也。桑之
落矣，其黄而陨。自我徂尔，三岁食贫。淇水汤汤，渐车帷
裳。女也不爽，士贰其行。士也罔极，二三其德。

抄罢，凝视窗外。冬夜，凉如水，月似钩，孤星高悬，明且
亮。心绪难平。爱情，永远的神话。在神话里，女人是颗最美的
星。"桑之未落，其叶沃若。"田间，桑树繁茂，苍翠欲滴，鲜嫩
美好。如那女子，开在最美的花季。婉约，柔美，青春，亮丽。一
袭古装的她，站在墙头，遥望复关盼情郎。"不见复关，泣涕涟
涟。既见复关，载笑载言。"思念如火，望穿秋水。一滴泪，一浅
笑，一句言，尽在一个"望"字，一场相见的欢颜里。

氓，我在最美的年华遇到你，与你长相厮守，不离不弃。吃
苦受贫，早睡晚起，家业安定。"桑之落矣，其黄而陨。"桑叶落
净，枯黄飘零。岁月无情，容颜已逝。曾经的鲜润，如今的干枯，

曾经你的涉水而来，如今淇水滔滔送我回。曾经的海誓山盟，如今的始乱终弃。只因，鲜花凋谢，青春不在。

氓，青春里的爱情是烟花绽放过的微凉。爱情里的柔情蜜意却不敌秋天花落的凋零。抱布贸丝的你，爱情纷飞，又要花落谁家？一个年华再要老去，是否，你还要，"淇水汤汤，渐车帷裳。"花开，花落，四季轮回。女人如花，也要，花开，花落。生命轮回，自然规律，为何，你要无情把我抛？你也是街边的树，也要经历年少，青春，苍老。不可能怀抱青春到永远。总有一天，白发满头，皱纹缤纷。爱于你，轻如鸿毛。年少我的天真幼稚，没有看出你子无良媒的清浅。那浅，在你的莽撞与肤浅里。只是我不知"士之耽兮，犹可说也。"如果人生只如初见，再不愿遇到轻易把我抛的你。哪怕你风流倜傥，才华横溢，万贯家财。我只要一份属于我的永恒爱情。

夜，好静，我的心冰凉。

氓之妻，今人的我，沉浸在你的故事里。穿越千年与你相见。我看到桑之未落，其叶沃若的你。也看到，桑之落矣，其黄而陨的你。今夜，你独守空房，擦拭眼角行行清泪。泪水，不是断肠白苹洲的相思之苦，而是独守空闺悲寂寥。付出后是伤感，深爱过是孤寂。你交付一段真情，留给自己一份暗伤。只怪你，没有识别氓浅薄，只怪你爱的用力把自己伤。只怪你，爱的唯独忘了自己。十分爱情，留给自己三分喘息。喘息在不可预测的未来里。再美好的爱情，要留有余地。"我欲与君相知，长命无绝衰。山无陵，江水为竭，冬雷震震，夏雨雪，天地合，乃敢与君绝！"这世间，还有谁相信这样的爱情誓言！从古至今。不求当初的信誓旦旦，只求永远的相守，不离不弃。远古的你，遭遇爱情的不幸。今天的爱，同样躲不过这场劫难。著名诗人徐志摩结发妻子张幼仪，远没有你幸运，至少，你还有过青春里的朝朝暮暮，思念的疼，爱情的甜。她从没有被爱过，怜惜过。她孝敬公婆，操持家务，即使在诗人经济紧张之时，也不计前嫌资助。可爱的女人，做得再好，也没有赢得诗人爱的转身，反而走得越来越远。无论自由恋爱的结合，还是父母之命的包办，任何一种相遇，都无奈爱的远去。爱他、疼他固然好。也要好好倾心于自己。为家庭献身固然伟大，这样的奉献于己何尝不是一种悲哀。

我们爱着爱情，恨着爱情，更离不开爱情。任何一种形式的爱情开始与结束，是命中注定。上天送给你幸福的同时，也送给你一种不幸。残缺，不失另一种美。古意的你，花容月貌，青春里遭遇的热恋，这，怎么不能说疼的土壤也种着幸福。总比，没有爱情，平淡相守，白头偕老，要好。至少，爱过，总比没爱过得好。心深处，埋葬不幸，珍爱幸福，忆美好，忘忧愁。掬杯忘情水，不再伤心流泪。生命，一场烟花绽放。有限的生命，去追求无限幸福。这幸福，是爱情，亲情，友情，对生活热爱之情。爱自己所爱，人生的幸福在一个博爱里。

氓之蚩蚩，抱布贸丝……寂静的夜，轻声吟诵。温婉，着粉色衫裙的女子，站在茂密的桑树下，泪水涟涟，翘首等待。等待一场终生不渝的爱恋。

白宣上的墨迹已干，我抚摸光滑墨迹，触摸到千年的哀怨。冰凉一片。此时，天上的星更明，月儿更朗，我的心已静……

闲敲棋子落灯花

闲敲棋子落灯花，初遇这句诗，无端的好，不早不晚，恰恰是窗外细雨无声的夜晚，真是应了心中的景。是哪位诗人，这样闲情逸致，轻敲棋子，溅落桌上忽明忽暗的灯花？

查阅资料。精妙的句子，出自宋代"永嘉四灵"中较为出色的诗人赵师秀的笔下：

> 黄梅时节家家雨，
> 青草池塘处处蛙。
> 有约不来过夜半，
> 闲敲棋子落灯花。

赵师秀被称作"鬼才"，诗学"僧敲月下门"的贾岛。难怪在这首诗中同样使用"敲"字，采用"敲"字映衬，突出环境之清幽。赵师秀号天乐，豁达开朗的别号。但凡有些鬼才之人，些许的特立独行。看来，鬼才与天乐，冥冥之中有着共通之处。

喜欢这首诗，通俗易懂的好，没有典故做嫁衣的艰涩，识文断字均可明白其意。诗题妙，约客，多好的两个字，不多，简单明了。

一首诗，争议不少，有人说作者是司马光，是司马光约了赵师秀下棋，左等不来，右等也不来，夜深已至半夜，无奈之下闲敲棋子。有说诗题不是"约客"，是"有约"。我喜欢前者，两个动宾词语一摆放，格外有空间感。不过，用"敲"字的斟酌，像极贾岛。暂且不论作者名谁，诗题哪个是真，哪个为假，单单四句诗的意境，足足掠夺人心，至山水田园中。

是夜。

我的窗外，北方春天夜雨，淅淅沥沥下着，雨与大地，像热恋中的小情人爱个没完没了。

我在窗内，灯火通明，雨滴小扣窗扉，滴答声虽然不大，但还是有，久了，不单调，像个小夜曲。没有古人烛火。

雨夜读诗，更觉"有约不来过夜半，闲敲棋子落灯花。"的妙。

很有意境的诗。南方的景，初夏的雨，田园的诗。应该是山间田野吧。山水田园间，一间茅草屋，或者，不大的，小小的木屋。江南不停歇的梅雨，缠缠绵绵，下了几天，没有停歇的意思，蒙蒙细雨湿润了远方的青山，近处的野草。苦了诗人摆好棋子，煮了一壶好茶，铺排开战局，等和自己下棋的人。一直等，一直等。头望向窗外，绿肥红瘦时节，盼着那人款款走来。从日落，一直到夜半。还不来，还不来。

夜过半，客未至，闲得无事，什么也不做，等，等。雨清凉，心更静。索性，听雨。池塘蛙鸣不断，呱呱，呱呱，呱呱，响在乡野漆黑得伸手不见五指的夜里。随手拈起一枚棋子，有节奏地敲着棋盘。闲敲棋子声，像僧敲月下门。伴着风吹进青草的芳香。四周寂寥，空寂之美。

我在读诗，一首名为《约客》的诗。眼前流动山水画卷。我望见远方逶迤青山，平静湖水，孤单小屋，明亮烛火，长衫清秀男子。中国诗歌，是诗，是画，是音乐，是两个人的欢，一个人的静。

唐代诗人李涉也有诗：

> 终日错错碎梦间，
> 忽闻春尽强登山。
> 因过竹院逢僧话，
> 偷得浮生半日闲。

日日忙碌，忽然发现，春天将尽，再不赏春天的花，来不及。偷个闲，春深登山。一座寺院隐蔽竹林，偶遇一僧人，小坐竹林深处，喝个小茶，相谈甚欢。偷得浮生半日闲，这样的闲，太珍贵，太稀少。闲的背后是忙忙碌碌。"闲敲棋子落灯花"、"偷得浮生半日闲"同样是闲，"闲敲棋子落灯花"闲得优雅自在。"偷得浮生半日闲"很有名，有调侃，有幽默在。但是，整首诗少意境，缺幽静，抖落不出人思维的浮想联翩。

所以，两个"闲"，真切喜欢闲敲棋子落灯花。闲敲棋子落灯花的闲，闲得雅致。你瞧，等人一直等到后半夜，闲得无事，敲棋子，听蛙声，听雨声。

也有人阅读这首诗，读出诗人等人不得的焦躁不安。一千个读者，就有一千个哈姆雷特。我初读，如走进江南烟雨中，沐浴田园风光。我读出诗人隐居山林的闲情逸致。还是读出这样的感觉好。美妙！

古人的闲，闲得怎么这么雅。是古诗时光走得缓慢，还是今日的时间飞得匆忙？

城市文化，学习是一种信仰。城市休闲，闲敲棋子落灯花，暂且看作生活追求的一种态度吧!

慢下时光,细细品咂生活纯美,也闲敲棋子落灯花。

像陶渊明,辞官隐居,方宅十余亩,草屋八九间,榆柳荫后檐,桃李罗堂前。与菊为伴,邀月共饮。

像林和靖以梅为妻,以鹤为子。游西湖,访古寺,放鹤飞,与高僧诗友相谈甚欢。

像写下"明月松间照,清泉石上流,竹喧归浣女,莲动下渔舟。"的王维,恬淡闲适。

像清代文学家沈复,中秋日,携妻子芸娘沧浪亭赏月,携一毯设亭中,席地环坐,品茗望月。

闲多好。闲居、闲乐、闲坐、闲行、闲卧、闲眺、闲吟、闲咏……怎么闲都可以。怕的是闲不下来。

闲情逸致。这样的闲好。我喜欢。心沉静,凉似水,悠闲自在。可以独自一人。可以三两知己。

"80后"画家东子,远离喧嚣城市,花4000元,在终南山租下废弃老宅,花一万元精心改造,借山而居,隐居生活。他的房间,有草帘,竹凳。有木质淳朴条桌。有陶罐插着山中野花。有几条爱狗。有几棵参天大树。诗意栖居。

所以,闲是淡泊宁静。

像真性情的老树,不把画画当回事,怎么想,怎么说,怎么画。一盏孤灯,一支破笔,滋养闲情。自由绘画,自由写诗,好玩就行。

所以,闲是一个人的清欢。

著名作家雪小禅,写字、唱戏、画画、行走、喝茶。以雪氏生活,行走美丽人间。

所以,把生活过成诗是闲。

听听音乐是闲，读读书是闲，练练书法是闲，画画儿是闲，看看芭蕾舞剧是闲……

给予心灵营养的闲，闲出生命的欢，活出生命的味，闲出人生的高境界。

闲下来，去野外闲散，赏春花秋月，听夏日雷声阵阵，冬听落雪纷纷……

或者，如诗人，闲敲棋子落灯花。

春花秋月何时了

李煜,南唐后主。我很喜欢的词人。认识他,还青涩。想来,已经很多年。我的人已老,他的词却长青。一代又一代的人,读它;一代又一代的人,在他的词中慢慢长大。

春花秋月何时了?往事知多少。

小楼昨夜又东风,故国不堪回首月明中。

雕栏玉砌应犹在,只是朱颜改。

问君能有几多愁?恰似一江春水向东流。

初相识,正是这阕《虞美人》。

读起,朗朗上口。春花秋月,深有意境的画面;不堪回首,难以言表的愁绪;春水东流,无奈的惋惜。那时还小,一阕词,觉得好,觉得愁。到底哪里好,哪里愁?还年少,少年不知愁滋味。明知有愁,有痛,却读不到词心里去。这阕词被谱成曲,曲调悠缓,凄凉。读词,吟唱,眼里是春天的花,秋天的月,心里念的,是不能回去,沦陷的故国。每次捧读,眼前,看到李后主,在秋风萧瑟的夜晚,残月高悬,站在楼阁上,衣袂飞扬,遥望故国的方向,一丝愁绪凝聚眉梢。

喜欢李煜词中的真，以血书者的意。他生于深宫，长于妇人间。喜欢填词、书法、绘画，通音律；喜欢和爱的女人，琴瑟相和。他有为帝王命，却无做帝王的心。整日寻欢。宋军攻到城下，打他个措手不及，不得不沦为阶下囚。

身陷囹圄，思念故国，一阕词诞生笔端。他单纯，无害人、防人之心。笔下文字，情之所出。赵光义早有陷害其之意，借故"故国不堪回首月明中"要了他的命。他无防范之心，喝下放入牵机药的毒酒，惨不忍睹的死，连做皇帝的一点儿尊严也没有。李煜的天真，害了他。明知沦为违命侯，还不谨小慎微。隐晦的文字都容易找到缺口，何况直言？

南唐后主，整日在他营造的艺术里熏陶享乐。他不谙世事，不懂得争名夺利，活得简单纯粹。

王国维，国学巨匠，深喜李煜。在《人间词话》里，静安先生几次提到他。他说，"后主之词，真所谓以血书者也"、"中、后二主词皆在《花间》范围之外"、"主观之诗人，不可多阅世。阅世越浅，性情越真，李后主是也"、"李煜生于深宫之中，长于妇人之手"、"词至李后主而眼界始大，感慨遂深，遂变伶工之词而为士大夫之词"。老先生喜欢的，正是李煜词中"真切"二字。正因李煜阅世浅，性子真，信手拈来的文字，唯美真切。

> 帘外雨潺潺，春意阑珊。
> 罗衾不耐五更寒。梦里不知身是客，一晌贪欢。
> 独自莫凭栏，无限江山，
> 别时容易见时难。流水落花春去也，天上人间。

再读李煜的《浪淘沙》，一阕悼念媖娘的词。雨天，轻轻念，内心寒凉，身盖罗衾，也无法抵挡悲凉。所有愁苦，不如梦中一醉。忘却身是客，爱的佳人依然在身旁，轻纱曼舞，舞一段《金莲舞》。李煜身边，美女如云。他对每一个与他有过关系的女子，情深意切，绝不逢场作戏。女人们爱他，为他活，为他死。国事令李煜心情烦躁，善解人意的娥皇，为他亲选舞女，排解忧愁。他迷上她的舞，爱上她的人。媪娘爱他，她的舞只为这个男人跳。她的心只属于这个男人。她不甘为赵光义舞，纵身从莲花台飞下去。男人活到这样的境界不易。她为他舞，为他死；他为她悲，为她独自莫凭栏。

哪里是李煜的词真，分明是情真。情由心生，词也是。

后主的词，真切，通俗。晚清词人周介存，谈及后主之词，说是粗服乱头。尽管粗服乱头，也难掩国色。他的词不加修饰，素雅，端庄，秀美。像俏丽佳人，再素朴的衣衫，也掩饰不了美艳。这样的美是真美。不像有些词，引经据典，读起来生涩，需拿些参考书方可读透，方可理解到位。

文品即人品。这句话适合李煜。李煜的性格，经历，奠定他的词不虚伪，不雕饰，有真情。他受父亲李璟影响，再加上先天禀赋，后天教育，他的词充满灵性，为北宋词奠定了基础。

李煜爱美人，也爱江山。他爱的江山，与皇权无关。"故国不堪回首月明中""梦里不知身是客"。他对南唐的依恋，满怀愁绪，浸在笔墨间。

同样的绝命词，李煜的《虞美人》，与赵佶的绝命词《燕山亭》相比较，李煜哀叹国家命运，赵佶哀叹自己皇帝的境地。同样的悲苦，境界截然不同。李煜看似悲自己，悲的却是芸芸众生。赵佶的《燕山亭》，不过悲叹自己皇帝命运的凄苦。两阕词，境界不同，影响也不同。人们熟悉李煜的《虞美人》，《燕山亭》倒逊色不少。

李煜，我深爱。在中国历史上，李煜葬送一脉江山，成就千古词帝。有人说，他错为君王。其实，他临危受命，无法决定自己命运。登基时，南唐已经危在旦夕。这样的境况，重新竖起战旗，难上加难。何况，他无一统天下的野心，无治理国家的雄才大略，无果敢、强悍的性格。都说性格决定命运。一个人，一枚棋子，只有把他放到恰当的位置，才能实现自身价值，发挥最大作用。万事不可求全。李煜，为词而生，国家不幸诗家幸，足矣。

流光容易把人抛

流光容易把人抛。看蒋捷《一剪梅》这阕词，一下子喜欢这句话。流光容易把人抛。说得多好。它点出时间的无情，生命时限的无奈。世间最公平的是时间，不会给任何一个人多一秒或者少一秒。再伟大或强悍的人也无法与时间抗衡。每一个人，从降落人世，就开始在时间的路上不停行走。在童年的顽皮，少年的张狂里，我们很难理解词中况味，更难珍惜渐行渐远的时间。光阴把青春抛掷在中年的门口，曾经的青翠，变得枯黄。曾经的饱满，刻上时间的痕。青春的光影其实就那么几年，还没等我们回过神来，青春已是明日黄花，追悔莫及。

不知是不是地球旋转飞快，还是生命本身短暂，一天又一天，一月又一月，一年又一年。恍惚中，蹒跚着步子的孩子学会奔跑；学龄的孩子唱着歌背着书包上学了；天真的孩子一转眼出落得洒脱靓丽；曾经的男孩子女孩子忽然人到中年。一刹那的时间，流光送走一个人的年少、青春、中年……生命在不知不觉间开始走向暮年。还没有好好地过生活，生命一下子接近终点。我始终相信，多么乐观的心态，都无法不携带苍老的寂寥，对人生的留恋。如果你还在热爱这生，如果你活的足够幸福。

多年前，在一本杂志看到一篇文章，女子三十而立，感叹时间无情。那时，我还年少，握着大把青春，很难理解她的不安与恐惧。

30岁，有什么可怕。当我站在30岁门口，再回首，青春远去，远去的不仅仅是岁月，还有青春的容颜、流经的故事。再好的化妆品，掩饰不住时间在一个人身上的纪念。害怕老去，可是时间并不能因为你的怕，停步不前。我理解那个女子浅浅的哀愁，那是与时间斗争的无力。翻看每一年的照片，猛然发觉，现实的你再年轻，也敌不过照片。它如实记载年龄。既掩饰不了青春的曼妙，也遮不住岁月的淡痕。

青春渡口，不要停留。青春飘忽而逝。抓住青春，乘上一叶小舟，在生命之海航行，追逐人生梦想，无悔青春。不要因为年轻，随意消费青春岁月。青春几年光景，来不及回味便销声匿迹。在中年的岸边，不要羡慕别人的年轻，他们经历着你消逝的青春，终有一天如你，守候中年渡口。暮年的你，幸福地回望一生，他们走着你的路，品尝你的人生。只不过早一些晚一些。人生的轮回，就是一年四季。春夏秋冬。

流光容易把人抛。人不应因为老去而伤感。老有老的美丽，老的风韵，老的成熟雅致。这是时间赐予人的丰厚礼物。我时常看到那些老去的女子，有的丰满富态，有的依然窈窕，她们的脸上携着笑，在舞台上尽情舞动，高歌。她们的生命夹杂着沧桑中的美丽，饱满。我羡慕年轻的女子，更欣赏这样的老人。我知道，每个人都要经历年轻。也知道，苍老在远方等待每一个年轻的身影。不要因为今天年轻而得意，也不要因为明天苍老而沮丧。我经历你的苍老，你经历我的青春。

流光容易把人抛。岁月没收我们美貌容颜，夺不去心中隐蔽的爱情。爱情没有年龄，年轻有年轻的爱，老有老的情。爱情不会在时间里老去。心的老，才是真的老。爱情是一份寄托，心里有了爱，即使老去，依然年轻。都说两个人日子久了，爱情摇身变成亲情。亲情固然美好，爱情变成亲情丧失激情。这样的爱，是一杯新茶已经喝到无味。这种心境下的生活，加快苍老的步伐，加速两个人日渐的隔膜。不安的因素，在春天枝头上的招摇，悄悄侵袭安稳的生活。只需一缕清风，足以击倒曾经的相濡以沫。不妨漫步在恋爱的地方，重温那段情，轻轻告诉她，你是我永远的姑娘。

流光容易把人抛，红了樱桃，绿了芭蕉。一句话，一阕词。

> 一片春愁待酒浇。江上舟摇，楼上帘招。秋娘渡与泰娘桥，风又飘飘，雨又萧萧。何日归家洗客袍？银字笙调，心字香烧。流光容易把人抛，红了樱桃，绿了芭蕉。

在蒋捷这阕词里，"流光容易把人抛，红了樱桃，绿了芭蕉。"是最为经典的句子，这阕词因为它备受青睐。樱桃刚红了，芭蕉又绿了，春天去了，夏天就来了，一年四季，排着队呼啦啦地来了又去了。即使奔跑，人们也是永远赶不上时间的步伐。一片春愁待酒浇。"春愁"贯穿词中。久居异乡的愁，年华易逝的愁，诗人愁上加愁。春天本是生机勃勃的季节，人们爱春。春天是一年中最美好的季节，人们惜春。作者在这份春深里，流露出无限哀伤。

当我站在人生春夏交界处，蓦然回首，青春过，靓丽过，年华虚度过。悟出流光容易把人抛的真谛，猛然发现，人生太短，来不及荒废。

春未老，诗酒趁年华，春已老，诗酒也要趁年华。

捧读这阕词，捧着一地愁绪。这是蒋捷流亡途中的心曲。他感到年华易逝，又不得不在飘摇中虚度光阴。盼归，难聚，借酒浇愁。他不能回家与爱妻团聚，不能过着佳人相伴，素手调笙，红袖添香夜读书的生活。他清醒地认识到人生短暂，却又无力把握今天的幸福。这就是诗人的不幸。他用自己的不幸，写下伤感。流光容易把人抛，红了樱桃，绿了芭蕉。警醒后来的人们，年华易逝，人生易老，好好珍惜，好好爱，好好生活。

千种风情与何人说

樱花，温馨，娇媚的花朵。于它，我天然的疏离。它短暂，似烟花，总会在我心里凋落成殇。依稀记得，第一次看樱花，正青涩。而今，流光远去，重温那条樱花小路，重赏落地缤纷。花不是曾经的花，我，也不是曾经的我。花中漫步，人，在锦上游。浪漫的樱花，娇小可爱。靓丽中来，华美中去。等不到老去，一个转身，消失在最美年华。

驻足花下。一树树花开，一树树粉艳，一树树花落。烟花三月，赏着樱花，忽地，想起"奉旨填词柳三变"。柳永的爱情，不就像一场又一场樱花么？短暂，热烈，铭刻。今年一个她，明年一个她。一个个的艳，一个个的俏，一个个的媚。

情场得意。送给柳三变，再合适不过。这样一个男子出身官宦世家。父亲柳宜，朝廷命官。三变从小尽显才华本色，在三个孩子当中，最有光宗耀祖的潜力。他既有风流倜傥的貌，又有上天赋予的才。本以为能够出人头地，没想到第一次逃出书房，遇见一个叫云衣的采茶女。他爱得死去活来。一场17岁的初恋，成就一阕词《巫山一段云》。打开青春的诗笺，他泪湿衣襟，入睡，云衣的身影，滑入梦中。愿，化成纷飞的蝶，与之共舞。寂寞，病了身躯。善解人意的母亲，参透他的心事，抛开门不当，户不对，成全两个相爱的人。

他的爱，热烈如樱花，来不及冷却，花落，又陷入另一场爱情。楚楚，谢玉英，陈师师，心娘，佳娘，虫娘……已为人夫的他嗜好行走于花街柳巷，寻找绝代佳人，红颜知己，与她们低吟浅唱，夜夜欢歌。他天性风流，一篇篇香词，就这样诞生在一份份爱情里。每一段情，每一段爱，刻骨铭心。拥香惜玉，他有这个本事。官宦世家，气度不凡。英俊潇洒，衣袂轻舞。诗词绮丽，又为能歌善舞的歌女送去婉约文字。"凡有井水饮处，即能歌柳词。"可见柳三变的词名气之大，之广。被赐予诗词一首，是歌女的福分。凭一阕词，她们就可以在花街声名大振，收进更多银两。柳永因爱，而写词。每一阕词，真情实感。更重要的，柳三变不同于其他流连于风月场中的男子。他尊重沦落风月中的女子，不虚情假意。即使樱花般爱得短暂，爱他和他爱的人刻骨铭心。尽管柳三变的行为，为许多人所不齿，但赢得了她们的尊重。在穷困潦倒之际，她们接济他。在他死时，集金为他哭泣，埋葬，年年凭吊。这，就是柳三变的魅力。

官场失意。这是柳永一生的痛。他不是不追求功名利禄，他不是没有才华。只可惜，他的词，绮丽浮靡，登不上大雅之堂。艺术来源于生活。他的生活，是小楼深巷狂鸿遍。是一场欢宴过后，又一场狂欢。他笔下的人物，笔下的情，虽然真挚，立意并不高远。一篇上乘之作，立意是文章的魂，选材是文章的衣，文采是文章的妆。只可惜，柳永的词缺少高远魂魄。本以为以自己的才华，第一次科举一定大功告成。他高估了自己。这样的打击对他如晴天霹雳。紧接着特招的献颂，再一次名落孙山。他痛苦，无奈。一次次考试，一次次献颂，一次次失败。悲痛之余，他一怒之下写下"忍把浮名，换了浅斟低唱。"他不是不要浮名。如果不要，何必离开云衣九年到东京求取功名。何必一次次参加考试，一次次忍受失意惨痛。他要发展自己，要为家族争得功名。现实抛弃了他。如果，柳三变离开小楼深巷，闭门家中，熟读经书。在仕途上，他一定功成名就。

宋真宗之后继位的是宋仁宗。还以为仕途上有所转机。他再次遭遇重创。少年的轻狂，阻碍了他前进的步伐。性格决定命运。柳永的性格决定他一生与功名利禄无缘。连擦肩的机会也没有给他。得罪了真宗，总归没有得罪仁宗。可他得罪了那个请他歌功颂德的吕夷简。"泰阶乎了，又见一合耀。烽火静，杉枪扫。朝堂耆硕辅，樽俎英雄表。福无艾，山河带砺人难老。渭水当年钓，晚应飞熊兆；同一吕，今偏早。乌纱头未自，笑把金樽倒。人争羡，二十四遍中书考。"这篇歌颂吕夷简的诗词，吕夷简看了喜不胜收。没想到，柳三变诗兴大发，一发不可收拾。头脑一热，吐露心声。写下了"我不求人富贵，人须求我文章"还不小心，把两首诗一并送到了吕夷简手中。吕夷简看了前首，喜上眉梢，看了下首，脸色大变。这不是在轻视自己么！他越想越气。柳永头脑一热的文字，彻底葬送了他大好前程。如果没有这件事的发生，恐怕离他功成名就已经不远。恨只恨自己轻率。一不留心，葬送了自己的大好前程。

柳永彻底失望了。真宗时期无望登科，仁宗也是。再有才华又如何？柳永的一生狂傲不羁。他一方面热爱风花雪月，一方面热爱填词，一方面热爱沦落风尘的女子，一方面追求功名利禄。没想到自己与功名利禄一次次擦肩而过，人生的失意尽在不言中。

深秋季节，他忍痛离开东京，怀着伤感，写下如下的词句：

寒蝉凄切，对长亭晚，骤雨初歇。都门帐饮无绪，留恋处，兰舟催发。执手相看泪眼，竟无语凝噎。念去去，千里烟波，暮霭沉沉楚天阔。多情自古伤离别，更那堪，冷落清秋节！今宵酒醒何处？杨柳岸，晓风残月。此去经年，应是良辰好景虚设。便纵有千种风情，更与何人说？

这就是柳永的代表作《雨霖铃》。秋天，伤感的季节。云衣去世。在岸边，停泊着即将远去的船只。他与虫娘，含情脉脉，无语凝咽。树上的秋蝉，凄凄惨惨戚戚。今日远去，不知相聚待何时。此时的柳三变，心比秋寒冷。这冷，是分别之痛，是一生求取功名未得之痛。未来，他前途渺茫。但东京，已经没有自己立足之地，他下了江南，也许，还有转机。

在词人中，柳永的一生是悲壮的。屡考屡败。无论是谁，都难以接受这样的坎坷，不容易在次次失败中学会坚强。他逃避现实带给他心灵巨大的痛苦，选择了倚红偎翠。欢乐背后，是独处孤寂时更深的疼痛。无法排解的苦，怀才不遇的疼，煎熬着他。这就是命。上天送给你俊朗的容颜，旷世才华，就要没收你另一种幸福。与仕途擦肩，于柳永是一种不幸，于今人的我们是一种幸福。因为，柳永以他轻狂的个性，不拘一格，改变了小令一统天下的格局。他扩大了词境，在小令短小精悍的基础上，创作了慢词，对后来词人发展起到重要作用，也与苏东坡"大江东去，浪淘尽，千古风流人物"气派豪迈的文章交相辉映。

伫立于三月樱花下，我想起白衣飘飘的柳三变。想起那些与之暗许芳心，欢情度日的佳丽，想起他婉约的文字……他们的爱如樱花，轰轰烈烈，稍纵即逝。那些琴棋书画，无所不能的女子，也如樱花，一年年的花开，一年年的花落。一年年的樱花，不与旧时同。

又是一年樱花开。花树下衣袂飞扬的一代词人，你，又来寻觅哪枝樱花，试与问，朝朝暮暮？

相思始觉海非深

　　窗外的夜空悠远深邃，烟花璀璨，无数花朵绽放，飘落，瞬间凋零，撒落一地冰凉。穿越千年，走进古人心灵世界，聆听旷世情缘。

　　千古名句"在天愿作比翼鸟，在地愿为连理枝。天长地久有时尽，此恨绵绵无绝期。"感动了无数期待爱和正在爱着的人们。此可出自《长恨歌》，是唐代诗人白居易采用叙事诗的形式，描写了唐明皇和杨贵妃的爱情故事。白居易一生现存诗歌三千余首。我们熟知的，更多的是他关心民生疾苦的诗行。在白居易"达则兼济天下"积极进取思想的后面，有一段鲜为人知、凄美的爱情故事。这个故事伴他终老，整整35年。每每想起，宛如杜鹃啼血，声泪俱下。

　　11岁的白居易，遇到七岁的湘灵，两小无猜。在无忧岁月里欢快长大。八年后，他19岁，她15岁。青春里的爱情，悄然来临。人生，假如有如果，在最开始，白居易不和母亲为避战乱，举家迁到父亲任官所在地——徐州符离，没有相遇的缘，不会经历伤感的痛。如果，湘灵不"娉婷十五胜天仙，白日姮娥旱地莲"，不精通音律，也许他不会心生爱慕。如果，湘灵出生官宦之家，两个人青梅竹马，没有母亲陈氏的阻挠，一定过上"红袖添香夜读书"般诗情画意的生活。人生没有如果。如果，总是被现实的残酷击打得七零八落。所谓的门当户对，残害多少美好姻缘。父母之命，无法违背。白居易努力争取，无奈陈氏呵斥，以死相逼。左手是爱情，右手是母亲。一面是情，一面是孝。缺了哪一个，都是一身伤。

27岁，为了母亲一句等考了进士，再谈与湘灵婚事的戏言。白居易为生计和前程，离开符离，只身前往江西，投靠长兄白幼文。离别载着心痛，装着泪水。他背上的行囊，装着湘灵"生为你人，死为你鬼"的誓言。纯情的湘灵，怀着沉甸甸的爱，有期盼，有梦想。期待陈氏见证深爱，抚摸柔软，给爱一个出口。分别的日子，他"泪眼凌寒冻不流"，她"应凭栏杆独自愁。"他"为惜影相伴，通宵不灭灯。"她"人言人有愿，愿志天必成。"她相信，爱一定感动上天，也一定感动身为女人的陈氏。有坚信，有等待，有痛苦，有希冀。爱，令人欢喜，令人疼。明知疼痛，还要去爱，去等，去惆怅，去伤离别。

29岁，白居易考中进士。陈氏离开符离，迁居洛阳祖宅。当他历经千里，与母亲团聚，他不想心爱的湘灵蹉跎了岁月，重提婚事。"举人算得了什么？等你高中进士再来说吧！"再一次回绝。这是怎样的一个母亲！门当户对，根深蒂固。她要的不是儿子的幸福，而是祖宗的门面。这样的观念，摧残了多少相爱情缘。难道是陈氏，以自己的不幸，不愿看到孩儿的幸福。门当户对，真的比深爱重要？门当户对的婚姻，真的能幸福长久？门不当，户不对，就不幸福？爱孩子所爱，这才是母亲所为。那句戏言，是对白居易前途的激励，还是拒绝白居易娶湘灵为妻的说辞？我想，后者的成分，恐怕更多。"生别离，生别离，忧从中来无断绝。"如果，陈氏看到孩儿伤感的诗句，也无法融化她冰冷的心。她是一块冰。心，永远冰冻在寒冬里，即使春暖花开，也不会融化。病态的心理，在她57岁的时候，因精神病复发，掉进井中身亡。可悲，可叹。

山川载不动太多悲哀，岁月经不起太长的等待。高中进士，在陈氏万般阻挠下，白居易依然奔赴符离省亲。再相逢，两眼泪汪汪，思念很苦，思念很疼，思念也很幸福。握着她的手，捧着幸福，擦拭她腮边的泪，润泽了温暖。不是岁月侵蚀了她的容颜，是相思刻下的轻痕。为爱，不肯与她私奔，流亡天涯，只想做他的婢女，陪伴他左右。这，不是他所愿。为了她，他甘愿终身未娶。她为了他，不愿蹉跎他的年华，不愿耽误他的锦绣前程。这是怎样的深爱。宁可伤了自己，也不愿深爱的人受伤。她挥一挥衣袖，留下冷漠与决绝。只有这样，他才能走出爱的深渊。"不得哭，潜别离。不得语，暗相思。两心之外无人知。"他含泪在湘灵的门上题一阕《潜别离》。转身，离去。一路无语，一路泪成行。

符离是白居易人生驿站，湘灵是那里等待他的人。白居易遇到幸福，却被门当户对的门第观念埋葬。幸运中的不幸。他与她，千百次的回眸，终于相遇在爱的渡口，却被世俗痛苦在一年又一年的等待里。瘦了彼此的身影，苍老了彼此的容颜。她的决绝，她的爱恋，隐匿在忧伤的眼里，只要一转身，泪如雨，潺潺。

他孤独地活。唯不忘相思。他把思念化成一笺笺诗行，倾诉。"艳质无由见，寒衾不可亲。何堪最长夜，俱作独眠人。"……外表从容，内心脆弱，一杯浊酒，足已感怀落泪。酒里，泪里，一滴滴的相思情。他痛苦，孤独，出入烟花柳巷排解心中的苦。与其说，白居易著名的《长恨歌》是写唐玄宗和杨贵妃的爱恋，倒不如说，这样真挚的情怀，喷涌而出的文思，也是在写他自己。因为，艺术来源于生活。这生活，就是与湘灵曾经的爱恋。这情话，就是他在说给她听：在天愿作比翼鸟，在地愿为连理枝。天长地久有时尽，此恨绵绵无绝期。

棒打鸳鸯。陈氏宁愿白居易独身，也决不允许娶出身平民的湘灵为妻。后来，他被逼无奈与官宦之女青萍，结为夫妻。此时他37岁。那时，他与湘灵已经深爱19年。善良、宽厚的青萍，感动于他与湘灵的爱，隐藏自己的忧伤。湘灵，他一生的牵挂，一生的眼泪。日日所思，夜夜所想。杳无音信。新爱没有填补旧伤，况且，没有任何人可以替换湘灵。"黄昏独立佛堂前，满地槐花满树蝉。大抵四时心总苦，就中肠断是秋天。"他用文字疗伤。把孤独，苦楚，悲伤，担忧，变成一行行文字，飘落在思念里。此时的湘灵，生活苦楚，在江上以卖唱为生。支持她活下去的勇气，是白发苍苍的老父亲，还有那句爱的誓言。

他44岁，被贬至江州任司马，收拾行囊，携妻带女，远赴他乡。江上一曲《长相思》，泪湿了他的眼。思念再一次小扣心扉。那是他指尖轻触写给她的《长相思》。官场失意，途中，却意外遇到朝思暮想，40岁仍独守"生为你人，死为你鬼"的湘灵。雨中，他们紧紧相拥，船中，互道衷肠。云雾散了，爱情的天晴了。湘灵是怨，还是不忍伤害另一个女人？没有陈氏的阻挠，也拒绝与他同赴江州。我想，怨，更多一些。如果，他如她独守终身，恐怕，偶然重逢，是天意的缘，湘灵一定与之同行。前半生分离，后半生相聚，也不失一种完美。离散，在江中，在最后一次重逢里。凄凄惨惨戚戚。他怀抱一泓清波，揉碎一世情感；她剪下伤感的文字，留下淡淡墨痕，在梦里相思。小船载着她的爱，伤，漂向远方……

一世的情缘，一生的相思。无果。

夜未央，烟花那么凉，在我的心底。泪，滴在写有"相思始觉海非深"的信笺上……

风雅

古代女子休闲方式是风雅的。你瞧，一月踏雪寻诗，烹茶观雪，吟诗作乐。二月寒夜寻梅，赏灯猜谜。三月闲厅对弈。四月曲池荡千，芳草欢嬉。五月韶华斗丽，芬芳满园。六月池亭赏鱼，池边竹林飒飒作响。七月荷塘采莲，泛舟湖上。八月桐荫乞巧。九月琼台赏月。十月深秋赏菊。十一月文阁刺绣。十二月围炉博古。

最有意思的就是这桐荫乞巧。

七夕，原名为乞巧节。桐荫乞巧中的"乞巧"就是指的这个节日。七夕乞巧起源于汉代，东晋葛洪的《西京杂记》有"汉彩女常以七月七日穿七孔针于开襟楼，人俱习之"的记载，这便是我们在古代文献中所见到的，最早的关于乞巧的记载。

桐荫乞巧是穿针乞巧的变体。《直隶志书》说，良乡县"七月七日，妇女乞巧，投针于水，借日影以验工拙，至夜仍乞巧于织女"。

中国古人极其看重七夕。桐荫乞巧，是这个节日特有的民俗活动。那一天，深闺中的女人们走到庭院，明月光下，取一个青花瓷碗，碗中放上清澈的水，小心翼翼置于庭院古色古香的木桌上。她们从精致木盒中取出一束针，轮流着散放在碗中。女人们争相围在碗旁观看，看谁撒的形状好看，撒得越好看，放针人的手越巧。这个游戏还真有意思。一堆晶亮的细针，纤纤玉手捧着它，或者随手地拿捏，水中随意抛撒。"啪嗒"一声，落入碗中。单单想到这儿，哎呀，还真美！淑女们纤细的身材，飘逸柔软的长袖，撒出来的不仅仅是银针，也不仅仅是碗中银针的形状，还有女子的优雅，旁人的嬉笑，古代女子的情绪。在物质并不富裕的年代，古代女子就地取材，自娱自乐，玩的就是一个雅。

七夕节，不仅叫乞巧节，也叫七姐诞。由于古代女子只能嫁作人妇、相夫教子，因此不少女子都相信牛郎织女的传说，并希望以织女为榜样。所以每逢七姐诞，她们都会向七姐献祭，祈求自己能够心灵手巧、获得美满姻缘。因此,关于七夕的民俗活动也有不少，穿针乞巧，投针验巧，种生求子，为牛庆生，晒书晒衣，拜织女，吃巧果……

桐荫乞巧，其实就是上面提及的投针验巧。

如今的七夕西方化了，摇身变成中国的情人节。之所以加上中国，是相对于西方2月14日的情人节。每年的2月14日，当你看到大街小巷"昂贵"的玫瑰花，你已经知道这是情人节了。

如果说桐荫乞巧玩的是一个趣，那么围炉博古玩的就是一个雅。

"博古"顾名思义是通晓古代事情，"古"指古院，古书，古画，书房……

围炉博古，看到这四个字，我的眼前浮现出这样的画面：深深庭院，宽阔，古典的屋宇内，家中女眷携着长裙，暖炉旁，相聚在一起，展开一幅长长画卷，惊讶，赞叹，欣赏。屋内香雾缭绕，精致的花瓷碗里飘来淡淡茶香。画香，茶香，熏香融合为一体。看着画，轻声地谈论。看的是画，看画的人也是一幅流动的风景。

这份雅兴必定属于大家闺秀。诗词歌赋，弹琴绘画，不精通也略知一二。这赏，也一定要赏出个好来。兴致起，把酒论诗，悠闲自在。来了兴致，回到各自房间，矜持不住，也铺开宣纸，描绘一幅。

一样的冬季，现代人窝在家里，玩游戏，看电视，聊天。或者约了三四个知己，蹦迪，聚餐，聊个不亦乐乎。欣赏书画，远离了我们的日常生活。即使想赏，也赏不出什么所以然。时尚的东西掠夺我们的眼睛。没有静气，怎么能安心读书？不读书怎么能增长学识？围炉博古，不是是个人就能博的。没有一定积淀、艺术滋养，怎么能博出来呢？

中国古人深爱明月。它清澈，柔美，朦胧，皎洁。"明月几时有，把酒问青天"，"床前明月光，疑是地上霜"，"春花秋月何时了，往事知多少"，"海上生明月，天涯共此时"……历代诗人把相思与乡愁寄托明月。因此，明月也是中国诗歌典型意象。它是古人心灵的寄托。八月十五，月最圆润，最皎洁。亭台楼阁，披了薄衫挽着发髻的清瘦女子面向明月。她们安然赏月，滋润情怀。我们看得见琼台望月清幽的背影，看不见内心深处浅浅的哀愁。

琼台赏月，踏雪寻诗，寒夜寻梅。这样想想就浪漫得不得了。雪中寻找诗的灵感，寒夜，伴着月光寻找梅花的清香。身处今朝，我们不去寻诗，寻梅，赏月。更多的是雪中，梅花前，留下倩影。赏自己是真，赏雪，赏梅是假，更别提赏那皓皓明月。

曲池荡千。我倒想起李清照和赵明诚第一次见面时的情境。《点绛唇》中这样写道："蹴罢秋千，起来慵整纤纤手。露浓花瘦，薄汗轻衣透。见客入来，袜刬金钗溜。和羞走，倚门回首，却把青梅嗅。"一阕词，把一个活泼天真的李清照刻画得淋漓尽致。

古代女子休闲生活，静中有动。天真、欢快、轻松。

古代女子休闲方式，的的确确令人羡慕。

她们的生活是慢的。在慢生活里，活得精致。她们在精神的世界里，活得丰富，高贵，诗意。

诗意远离现代人的生活。时尚的生活方式，快节奏的生活，我们的心粗糙不堪。没有细腻的心思，没有如诗的情怀，更不会品味诗意。我们的心变成一块静默的石头。冰凉，坚韧。

慢慢地生活。拾起丢掉的风雅。虽然我们不会写诗，博古，但是却可以踏雪寻梅，烹茶观雪，池亭赏鱼，荷塘采莲。生活的内容不仅仅是蹦迪、网游、微博、聚餐。还有更美丽的生活等着我们品味。

停下匆忙的步履，怀揣着对生命的热爱，走进一年四季，艺术地生活，诗意我们的人生。如古代女子一般风雅。赏花，寻香，踏雪，寻梅，登高，望月……

一寸相思一寸灰

　　窗外，又飘起雪花，绵绵密密，纷纷洒洒。北京，今冬的雪不大，却格外的多。雪与大地一场又一场的约会，缠缠绵绵。雪过多日了，地面依然残存雪留下的痕迹。恋恋不舍的样子。推开窗，立春的雪，裹着零星的暖。风并不寒冷。雪花飘进窗扉，落在脸上，轻柔的。伸出手掌，雪落在掌心，刹那间化成水。楼下，浅浅的白，零星的人，低着头，戴着帽子行走在雪中，小心翼翼的。天苍白，宛如少妇分娩过的脸。城市很静，雪中的世界，静得有些许的落寞了。

　　穿上粉色羽绒大衣，下楼，一个人行走雪中。穿过立交桥洞，一直向东，沿着河岸行走。雪花飞落到桥上，柳枝上，还有河面上。老雪很快被新雪覆盖。洁白一片。从陶然亭南门进去。偌大的园子，人并不多。几日来，我的心被蛊惑般，想要寻她而来——石评梅。我来，我要祭拜她与高君宇的墓地，我来，我要缅怀一段刻骨的爱情。

　　无意中走进石评梅的文字。藏蓝的底，深棕色的花纹，一本素雅的书——《一寸相思一寸灰》。静谧的夜，一篇篇哀怨的心语，一次次小扣心扉，一次次泪打双眸。掩卷。"杜鹃啼血"四字从脑际蹦出。26岁，风华正茂，石评梅因脑膜炎于北京协和医院病逝。

29岁，高君宇，北京共青团第一书记，因猝发急性阑尾炎抢救无效也病逝于北京协和医院。一切的巧合，是命中注定。

从南门一路向北，穿过精巧的白色拱桥，转弯再向北。路边不知名的花树，冒出粉色的芽。立春了，沉睡的大地正在缓缓苏醒。不紧不慢。沿着湖岸独行，向东。我看到了大约三米高石评梅和高君宇的塑像。娇小的石评梅依偎在清瘦的高君宇身边，坚毅，幸福，目视远方。我仰头观望，伸出手，抚摸粗糙的雕像，力图传递我心片刻的温暖。

墓地并不宽阔。一块一米高的石碑后面，是两个白色、一人高的，四角白玉箭牌墓碑。朴素得不能再朴素。与日常墓碑相比，寒酸许多。他们的生平就那样雕刻在狭窄的墓碑上。在时间与风雨的侵袭下字迹有些模糊不清。两个墓碑隔着约莫两米的距离，高君宇在西，石评梅在东，墓碑默默相望。踏上低矮的石台，我在墓碑前流连。我在感动于两个人冰洁的爱恋。

高石墓地坐落在陶然亭湖畔，山脚下。建于清朝康熙年间的陶然亭，是高君宇革命活动的地方，也是高君宇和石评梅经常漫步的庭园。哀伤过度的石评梅，死后也被人们葬于陶然亭内高君宇墓旁，因为"生前未能相依共处，愿死后得并葬荒丘"是她之所愿。

雪花依然在飘。细密的样子像缠绵的雨，宛如高石之间心灵爱的絮语。我看到白色病床前，石评梅握着高君宇的手，低下头哭泣。我看到瘦弱不堪的高君宇，紧紧握着石评梅的手，深情凝望。我的泪，在这份纯洁的爱情里，不由自主。我相信，人间铭记于心刻骨的爱恋，留存在心灵纯净、高贵的人的心里。如果梁山伯与祝英台是一个哀婉的爱情神话，高石之恋就是现实中的梁祝之恋。生，不能同衾；死，也要同穴！

石评梅和高君宇相识在同乡会，共同的追求和兴趣，两个人相互吸引。毕业于北京大学的高君宇曾经有过一段不幸的包办婚姻。心灵受到创伤后，对才女石评梅有火一般的热情。石评梅遭遇初恋的失败，走不出爱情的阴影，不敢付出，不敢接受，抱定独身。固守"冰雪友谊"的藩篱。石评梅的执拗使高君宇生活在痛苦里："你之所愿，我愿赴汤蹈火以求之；你之所不愿，我愿赴汤蹈火以阻之。不能这样，我怎能说是爱你！……就这样飘零孤独度此一生。"这份沉甸甸的爱，火一般的情，冰封致死。遗憾，惋惜，痛苦，无奈。他怀抱遗憾，孤零零地离开世界。深爱的女人不在身边。只留下石评梅无限痛苦，自责，思念。她在哀怨，幽静，冷漠，孤寂中度过三年生命里的凄苦时光。写下一篇又一篇哀婉的文字，一寸相思一寸灰，聊以自慰静夜里凄苦寒冷的心。"我爱，我吻遍了你墓头青草在日落黄昏；我祷告，就是空幻的梦吧，也让我再见见你的英魂。""我爱，你知否我无言的忧衷，怀想着往日轻盈之梦。梦中我低低唤着你小名，醒来只是深夜长空有孤雁哀鸣！"

我在墓地凭吊。我感动于这旷世之恋。我看到80多年前，陶然亭湖畔，两个人漫步相依的身影，我看到石评梅蹲坐在高君宇墓前，孤独流泪到黄昏。一个"悔"字，难以挽回逝去的恋人。唯有泪成行。

一段爱情，祭奠在美丽的陶然亭湖畔。叹息年轻，才华横溢的他们人生短暂，有生之年，没有牵手。庆幸死后相聚湖畔，经历四季风雨，看日出日落，静赏湖水杨柳依依。

"上帝错把生命之花植在无情的火焰下"。这是石评梅惨遭初恋失败后的一声叹息。爱情，不能玷污的纯洁。纯情的石评梅遇人不淑，鲜花礼物，轻声问候，志趣相投，博得她的芳心。真相大白。生性孤傲，但性格软弱的石评梅用泪水写下如下诗句：缠不清的过去，猜不透的将来？一颗心！他怎样找到怡静的地方？初恋的伤，太深，高君宇的深爱也无法为她疗伤。再真也怕极了万一的假。高君宇在寄来的一枚红叶上写下："满山秋色关不住，一片红叶寄相思。"石评梅在背面回复："枯萎的花篮不敢承受这片鲜红的叶儿。"回寄过去。可见，初恋的伤刺痛骨髓，柔弱的她走不出伤痛。不是她不爱，而是不敢触摸还没有愈合的伤口。都说，新爱来了，旧爱就去了。真心地付出，伤得也刻骨。

初恋，美好的爱。脆弱的情。爱得深，幸福着幸福。伤得深。痛苦着痛苦。我们时常在初恋的纯中受伤。当伤口愈合，勇敢去爱。真爱其实离你很近，很近。跨过心里那道门槛，一定会看到雨后彩虹。她说，正因为高石之恋的不完美才凄美。不，我不想看到凄美，我想看到他们安稳度日，静享流年；我想看到有情人终成眷属；我想看到石评梅更多如诗的文字，在我的静夜里寂寞花开。

雪大了，像春天的柳絮，飘落在墓碑，雕塑，松树上……也像，一朵朵盛开的白色花朵，哀悼一场纯洁，哀婉，凄美，流传至今的爱情悲剧。

雾里读词

　　"花明月暗笼轻雾，今宵好向郎边去。刬袜步香阶，手提金缕鞋。画堂南畔见，一向偎人颤。奴为出来难，教君恣意怜。"李煜的这阕词的确写得情也真，意也切。难怪王国维对李煜的词偏爱有加。在《人间词话》中静安先生写道："词人者，不失其赤子之心者也。故生于深宫之中，长于妇人之手，是后主为人君所短处，亦即为词人所长处。"我们这位艺术美学大师一分为二地评价了南唐最后一位苦皇帝。受命于国家危难之时，无拯救国家的雄才大略，骨子里懦弱的性格，李煜这个皇帝做得可悲可叹。虽然他葬送了一脉江山，却成就了千古词帝的地位。提起李煜的名字，人们想起的是他美丽的诗词。无论是耳熟能详的"春花秋月何时了？往事知多少"，还是"林花谢了春红，太匆匆。无奈朝来寒雨晚来风"……读起来，总是那么一往情深。人们读的是纸上的字，心里的全是纸墨间的意境了。

　　正如读这阕词。

　　不记得第一次读《菩萨蛮》是什么时候。只记得读后的喜。它不像读其他的词费尽心力。只读一遍，就能明白李煜表达的意思了。朴素的文字里，随处可见的是里面的真。这词，不得不说，是一首写得极好的情书。"花明月暗笼轻雾"意境写得多好。深宫，宽阔的庭院，明月披着轻纱似的云，月下，是院中盛开的鲜花了。夜太静，月太明，透过简单的七个字，读的人也能闻出院中的香了。你听到了从远而近，轻轻奔跑的声音，带着急切，喘息。定睛一看，小周后一手提着长裙，一手提着鞋子跑来。那急，是思君心切；那急，是相聚短暂好生的珍惜。画堂南畔，月下相拥。那份炙热的情，全在一个"颤"字里。"颤"里是爱情之初的欣喜，热烈。

"划袜步香阶，手提金缕鞋"，小周后调皮，可爱，惹人怜的神态跃然纸上。难怪李煜提笔写道："奴为出来难，教君恣意怜。"出来怎么能不难呢？

有花，有月，有人，有情。有静，有动，还有声。这就是这阕词全部的魅力了。要说的是，这阕词不仅真，连这个写词的李煜做人也真。

深读。

"花明月暗笼轻雾，今宵好向郎边去。划袜步香阶，手提金缕鞋。画堂南畔见，一向偎人颤。奴为出来难，教君恣意怜。"读罢，我们不得不为词中小周后的形象惊叹，为画堂南畔约会的俏丽佳人祝福。然而了解词的背景后，别说祝福，已经是满心的凄凉了。李煜和娥皇爱之初的海誓山盟，多么不堪一击。不要说那是李煜用爱情麻醉自己，山河即将破碎的苦闷。这不过是一个借口。人排解不幸的方式有很多，不一定依靠爱情。

一阕词。流传至今。

雾里看花，虽不真切，朦朦胧胧不得不说也是变幻莫测的美。读词也是。有些时候，还是雾里看词吧。

第三辑　初心

纯净的心，最美。

心美，一切皆美。

城里，城外

　　多年前到上海。天色已晚。这艳丽的城市，披着华彩隆重走上夜的舞台。站在外滩，看高耸璀璨的东方明珠，宽阔的黄浦江，聆听江面往来船只的汽笛声。那夜，天空下着蒙蒙细雨，外滩的人很少。我们打着伞，在外滩漫步。天，凉意袭身，有些冷。乘船雨中游览黄浦江。坐在船上，欣赏两岸灯火。这番景致，于我并不陌生。北京与上海，两大城市的景观大同小异。特别是夜色。一样的繁华，一样的霓虹闪烁，如同姐妹。

　　北京没有黄浦江的壮阔，没有江南小桥流水的婉约。但，是不是连条河也没有呢？不是的。北京大小水系就有八十多条，永定河、凉水河、潮白河……可我要说的，是八十条水系之外的护城河。

　　护城河，一条古老的河，承载了我儿时的记忆。河中长满常绿的水草，坡上、河岸边栽着垂柳。河上，有一座五六人并排走的木桥，因长久失修，人走在上面，颤颤巍巍，边走，木桥边发出咯吱咯吱的响声。有的地方木板脱落，可以望见桥下的河水，令人胆战心惊。惊着心过桥，大气不敢出，直到安全通过。不过，那时还小，我总是被父亲牵着小手走过。父亲是女儿心里的山，父亲在，安全也在。后来，桥拆了，建起一座钢筋水泥桥，直到现在还车来车往。长大，到了上学年龄。夏天雨季，上学途中，母亲总要不停叮嘱我远离泥泞不堪的河岸行走，担心失足，踩翻石块，滚入河中。

护城河，顾名思义，具有防御功能的河。河的内环是城里，外环是城外。那时太小，依稀记得长辈们见面，总是这样招呼，出去啊？是啊，去城里。相比较而言，城里繁华，城外荒凉；城里生活富足，城外生活贫困；城里人穿着时尚，城外人穿着乡土。一条河，一千米的距离，两个世界。住在城里的人看不起城外的人。家中一个远房亲戚住在城里。每到过年，出于礼节，母亲总是带着我，坐上拥挤的公交车去串亲戚。那三个孩子自视清高，脸上总是流露出鄙夷神色。我生性敏感孤傲，后来说什么也不再去。最后一次踏进这家庭院，是其中的一个长辈去世。那时，我已经20岁。他们看了我好久，没有认出。我，已经不是当年那个被他们看不起的丑小鸭。

北京，外来人口很多。他们被称为外地人。对他们的出现，我充满敬意。人，无论城里，城外，无论内地，外地，都是一撇一捺一个人字。楼下住着一对收垃圾的年轻夫妇。我时常把家里的废品给他们，分文不取。遇见我，他们总是向我微笑，有时，感慨一句，你的父母都是好人。好人。动人的词汇。它是一个又一个善良行为构成。一个人的高贵，不是出身，地位，贫富差距，而是心灵。

每天上班，我都要从护城河路过。这条河一直在截流改造。河底和河坡铺上方砖。水绿如翡翠，岸边依然是柳。清洁工人经常坐着小船，打捞水里的柳叶和杂草。因为他们的保护，从河岸行走，扑鼻的是水的清香，柳叶香。我习惯每天晚上在岸边的灯光下跑步，再也没有儿时恐怖的记忆。父亲曾说，爷爷是踩水高手。活着时，经常在护城河里踩水过岸。我想，如果他健在，在这样干净的水中行走，炎炎夏日，是多惬意的一件事。

看了护城河19世纪20年代的老照片，我还是喜欢今天的护城河。它安全、干净、美丽。一条河作为防御功能固然好。但是，如果给百姓生活造成不便，更有甚者，危及生命安全，还有什么值得赞美呢？听父亲说，1982年，北京市重新编制了城市总体规划，其中的城市河湖规划重提"风景观赏河道"。1992年修订城市水系规划，又进一步扩大了风景观赏河道的规模。有人说，护城河是城市的魂。这么多年来，我亲眼看见城市的规划者，一直修建，保护着它，也见证城里、城外人们关系的日益融洽。

那天下班想着心事，在桥上与父亲擦肩而过，毫无察觉。父亲站在城里的桥头，不放心地看着我，直到我下桥，过马路，他才安心离去。晚上，母亲突然打来电话，和我聊了好长时间。我向她炫耀工作受到专家高度评价，越聊越兴奋。母亲最后说，你爸爸在桥头看见你心事重重的样子，看了你很长时间，不放心，让我和你聊聊。没事就好，我们就放心了。放下电话，才明白母亲突然打来电话的用意。泪就要流出。儿时，父亲牵着我的小手过桥；长大了，又不放心地看着我过桥。父亲的爱，很深，每时，每刻。孩子再大，在父亲眼里，永远都是他牵挂，长不大的孩子。

一条河，牵动了我数不尽的回忆。

阳光很媚。我穿了浅粉大衣，在城里的河岸行走。岸边杨柳依依，柳枝吐翠，交错着盘在柔嫩的枝上。一棵树，南面的柳翠意浓浓，许是接受阳光多的缘故吧。北面淡了许多。有的柳芽，绽开，像个小蜜蜂，支棱着翅膀。初长成的柳芽，很难看出长大后细长的样子。岸边的看台错落着椅子。有老人坐在椅子上享受阳光。太阳在河水里跳跃，闪了我的眼。我看着河面，那日光可真调皮，我走，它也走。我停，它也停。

沿着内环河岸向南，路过观水台，我站在桥头看北面风景。护城河西岸是柳，东面也是柳。两岸的柳一直向北延伸，像一幅春日淡淡的油彩，很美的景致。缺了哪一边的柳，都是残缺的，不协调的。城里，城外，本是一家人。因为贫富差别，生存环境差异，过去怎么就有等级之分呢？如今，城里人到城外去，城外人也到城里去，城里城外，已经融为一体，没有任何区别了。经济的发展，不仅带来人民生活的富足，也融洽了城里城外人的关系。

春风暖人。我在外河岸向北。这里人来人往。儿子推着老父亲在岸边行走。几个保姆凑在一起聊天，支支吾吾地说着什么。她们推来的老人用被子盖着腿，晒着太阳。尽管有的老人吐字不清，还是努力交流着。有的老人，围在一起，拿着一张纸念着文字。年轻的异国父母带着孩子在岸边藏猫猫。情侣们肆无忌惮拥抱着。哪位是城里人，哪位是城外人，你，已经分不出来。你的眼睛所能看到的，岸边，一派和谐，欢乐融融的人间风景。

桃花坞。其实也就几棵桃树。前几天的春雪催开了花朵。白色，粉色的桃花开了。一朵朵，一簇簇挂在枝上。一棵桃树，宛如打开的手指，张扬着枝干。树上开遍桃花。其实，还是年轻的桃树，开的花最干净，最妩媚。

铜雀微澜。好听的名字，我寻它而去。那是早已立在河岸的金大都遗址。高大的绿色柱子，足有十三四层楼高。四面，是四只一模一样的雄狮，威风凛凛。柱子周围是四个莲花坐台。一个古建筑，坐落在河岸，为今天的护城河增添浓重的文化色彩。

太阳快要落山。我沿着原路返回。岸边园艺工人正在栽种花草，为已经钻出和快要钻出的小草浇水。在北京建设中，坐落在城外的街心花园，成为附近居民的休闲场所。他们在这里散步、聊天、跳舞、舞鸟、唱戏……街边人们的问候，说的更多的，到超市去，遛弯去，去公园……

这就是北京的护城河，一条陪我长大的河，一条发展中的河，一条融洽城里城外关系的河，一条流动亲情的河……

后海风情

　　深居一座城市，时间会摧毁她敏感的神经，熟悉中装载着陌生与隔阂。迷茫的，是心里那片天空。都说北京拥有皇家气派，气派么？我问自己。天坛、北海、颐和园、故宫、永定门城楼、景山、中轴路……这些去过许多次，偶尔途经的地方，没有强烈感受。我只是在这个城市生活，如一个过客。走过，时间的尘立刻将足迹遮盖，无法真正走进，也无法留下痕迹。她的气派，她的古韵，深埋在霓虹灯下，掩映在拥挤喧嚣的人流里。

　　儿时的北京，是爷爷家门前成片金黄色的稻田。是母亲家西边一望无际的菜园。是从北京西站出发，列车的轰鸣。是狭窄的马路。是那条永远流淌的河水。是遍地低矮的房屋。是蓝天白云。是一轮明亮的月光。是路边的萤火点点。是冬日里一家人围坐的温暖的火炉。这，是老北京，我儿时记忆里的全部意象。

　　如今，高楼林立，夜幕降临的华灯，遮住了天际闪烁的星光。奔驰的汽车尾气，掠夺了清新的空气。熙熙攘攘的人群，找不到一方幽静的天地。自然的美丽，被城市规划雕琢一新。今日的北京，皇家气派，被高大的玻璃幕墙，立交桥掩埋。她似一颗宝贵的珍珠，深藏在北京喧嚣璀璨里。

　　行走在北京繁华、人流如水的街道，寻觅老北京的风情，寻找童年的记忆。

钟鼓楼，气势雄伟，红墙灰瓦，坐落在中轴线北端。一座古代建筑。老北京的象征。

烟袋斜街，民族文化名街，隐匿在钟鼓楼南面，地安门外大街西边不远处。据说，北城的旗人，嗜好抽旱烟或者水烟，烟叶装在烟袋中。烟袋斜街本身就宛如一只烟袋。细长的街道好似烟袋杆儿，东头入口像烟袋嘴儿，西头入口折向南边，通往银锭桥，看上去活像烟袋锅儿。

走进烟袋斜街，也就走进老北京的风情里。一条200多米的街道，灰色的墙壁，木制，略带古旧的红色门窗，承载了多少老北京人的故事，写满了数不尽的悲欢离合，记载着北京悠久的历史文化。在高大的牌楼后面两米的距离，一家咖啡店吸引了我。在这份古旧的回忆里，融进了现代时尚的元素。绿萝装饰的门窗，欧式的相框，奶白色装饰用的自行车临窗而立。不用走进咖啡店，浪漫的气息已经迎面扑来。喜欢这样的装饰，喜欢这样的格调，剪一寸光阴，装帧在门前这份布景里。

行走在狭窄的街道，置身老北京人的生活。街边的店铺，充满怀旧气息。烟斗、中式服装、茶具、纸扇……

每家店铺，具有自己的风格与创意。有些店铺里，有巴掌大小的织女证、初恋证、好老婆证……我翻看着，欣赏着，感受这份独特。一条街道，弥漫着老北京古老的韵味，游荡着现代人有创意的文化气息。烟袋斜街，见证了北京的历史与发展。

在这样的街道行走，行走在模糊的记忆里。北京，我的故乡，在这份陌生里，与你似曾相识。你是一本厚重的书，需要我用一生的时间读你，懂你。

向南走，几百米的地方，视野开阔，那是后海。后海，不是真的海。元代大都城内的湖泊都被称为"海"，是人工拓展的湖泊。后海一片汪洋，视野开阔。像一块绿色翡翠，点缀北京这座古老的城。四面杨柳依依，在风中婀娜，垂挂在汉白玉栏杆和湖面上。柳，优美的观赏植物，独喜水，有水的地方有柳。不少旅游胜地也都以柳命名，如西湖的"柳浪闻莺"、贵阳绵溪的"桃溪柳岸"。后海，因了柔柳，更显妩媚。

此时，已近傍晚，人来人往。在岸边行走，风儿携带水面的风吹在身上，清凉似水，水中飘荡着不多的游船。人们在船上就餐听曲。琵琶曲在水面飘荡，渐渐消失在远方。水边有老者面对湖水拉着手风琴，熟悉的《莫斯科郊外的晚上》，这曲，与水边酒吧街遥相辉映。黄昏，西面天空火红一片。落日的余晖穿过树梢，染红水面。南面，一轮弯月悬挂蓝色天际。人们举着相机在银锭桥上，收藏霞光晚照。好美的后海的黄昏。

童年里熟悉的景致刹那间回归我的记忆。我时常在街边看离我很近但遥远的西山。时常看夕阳染红西边天空，慢慢西下。时常坐在院中看月亮的阴晴圆缺……儿时并不稀奇的景观，长大成人后，我只能驱车而来，寻一份美景，觅一份回忆。是日日的忙碌，我缺少发现美的眼睛？还是比比皆是的高楼大厦阻挡我的视线？城市的发展，生活的节奏，欣赏一份纯自然的风景，弥足珍贵。这是现代人的幸福，还是悲哀？我问自己。

夜幕降临，后海的夜生活刚刚开始。环绕后海的酒吧，霓虹灯闪烁。这里，有许多风格独特的酒吧。烛光摇曳，昏暗的色调，年轻的歌手在酒吧前的舞台上自弹自唱。一对对情侣相依在一起，听歌喝酒聊天。水边，亲朋好友，围坐烛光下，吃饭谈笑，享受一份温馨浪漫。

后海，一街，一水，一文化，成为北京品牌，旅游景点。

　　夜色浓了，后海灯火通明，华光异彩，人流如织。街边的空地，人们踢着毽子，聊着天……

　　我站在北京街头，好久。我已经辨不出方向。我来自哪里？我生活在哪里？她说，雨，你是哪里人？我看着她。北京的发展太快，前门，我已经找不到老旧的味道，这里也是。我说……

窗

　　那一夜，银白色的月光透过窗纱悄悄地弥漫了我的卧室，柔柔的月光，惊扰了我的梦。卧室笼罩在朦胧的月色里。睁开惺忪的睡眼，猛然发现一轮圆圆的月亮挂在我的窗前。大、圆、明亮。洁白间有着斑驳的影。它紧贴着窗子，离我很近，很近。我的心很暖很暖。那是一轮久违了的月亮。我曾在每一个晴朗的夜晚，寻找它的影。都市繁华与喧嚣，城市高楼林立，遮住了它朗空下的光辉，迷离了我的眼。好久没有见到月亮了。好久。八月十五月儿圆。居住在南四环的寂静里，高层建筑中，静静的，在如水的夜色里，它来到我的窗前，与我相会。

　　溶溶的月色，我毫无睡意。走进客厅，倒一杯红酒，就这样，一个人，静立窗前，邀请明月陪我共饮同醉。夜是月的背景，一扇窗，一轮明月，一杯酒，我成了那一夜的风景。夜，静极了，我听见远方汽车飞驰的声音，听见楼下草坪里秋虫的低鸣。偶尔，传来楼下空旷里赏月人的低语。只因那静，一切的声响，低微又清晰。在寂静的陪衬下，遥远的声音独放一袭幽静。我醉倒在夜色里，醒来，它离开了我的窗，飞到了西边的空中。很亮，但很小。它做最后的挣扎，等待黎明将它吞噬。在消失的最后，绽放最后的美丽。我记住了，那扇窗，还有悬挂在窗上的月。在我的心里，仿佛昨天，挥之不去，成为只待追忆的风景。至今。

独爱窗。犹记得童年，居住在乡间一个不是很大的院子里。奇冷的冬天，清晨的炉火散着余温。我经常看见那一扇扇正方形的窗，结满冰花。密密麻麻。像一个个原始森林。我不得不佩服自然的巧夺天工，刻下至美至纯的图案。20年后，第一次看到郁郁葱葱的原始森林，漫步其中，一切似曾相识，恍如梦中。那扇窗，那冬日里洁白的冰花，是大森林在我童年里虚幻的印记。在闭塞生活中，那扇带着冰花的窗，是一个儿童眼中全部的世界。冰花，在物质生活富足的今天，已成为遥远的过去。深刻在记忆里的，那个纯真的女孩儿，用自己温暖的小手轻抚冰花，瞬时，冰花刻下她小手的全部轮廓。

少女时代，重温杜甫的《绝句》"两个黄鹂鸣翠柳，一行白鹭上青天。窗含西岭千秋雪，门泊东吴万里船。"不再是简单地背诵，那时的理解，成熟于童年。一首四句的古诗，留给我无限的遐想。穿越那扇窗，我看见早春的柔柳在春天散淡地飘动，两只活泼天真的黄鹂站在枝头欢快鸣叫。一行又一行的白鹭，鸣叫着，翻飞着翅膀，在天际划过，遗落一缕淡淡的痕。尽管是春天了，远处的西岭仍然是白雪皑皑。几艘即将远去东吴的船只，停泊在江边。窗前那抹新绿，那圣洁的雪，飞逝的白，那明亮的黄，棕色的船只，收录在一扇窗里。由上而下，由远到近，由静到动。一扇窗，就是一幅色彩艳丽的油画铺展在眼前。我忽然想到，只有宁静，才能致远。仿佛看到自己，独坐在那扇不大的窗前，托腮凝思，看着皑皑的远山，晃动的帆影。心在意境中开阔高远。海阔凭鱼跃，天高任鸟飞。我才知道，那些景，是我生命里的意象，如同那扇窗。

"窗含西岭千秋雪，门泊东吴万里船"，杜甫来到成都草堂，面对生机勃勃的春景，即兴之作。一个含字，一种心情；一种心情，就是一种心灵的色彩。我为杜甫的诗句唯美的画面心动。青春的自己，正是一年四季轮回中的春天，向往美好诗意的生活，希冀在广阔的生活空间，搏击，实现人生的理想。心有多高，理想就有多远。那扇窗里，流动着人生希望的光。我的青春岁月，在那扇窗里，摇曳。我走出充满田园气息的村落，一路求索。穿越那扇窗，我找到想要的生活。因为窗里写下如下的文字：梦想皆有神助。

多年前，一部电影作品。一扇窗，窗外，是葱郁的树。一个外国男人，西服革履静立窗前，看着窗外。我记住了那窗，窗外的葱郁，窗前的身影。一扇窗，不仅仅是客观的存在，窗外的景，窗里的人，明与暗，在电影作品中，都有不同的象征。那暗，是内心的失落，窗外的光影，是男主人公向往日光的灿烂。如同我的年少，我要穿越那窗，在梦里飞翔。

生命旅程，从年少走到青春，从青春走到今天……我见过无数的窗。每一扇窗，讲述着每一个故事，每一个故事有着不同的内容。就像时光，今天永远不是昨天，明天也永远不是今天。就像自己，今天不是昨天的自己，明天的自己和今天又不相同。

在夜深人静的窗前，读苏轼的《江城子》。

十年生死两茫茫！不思量，自难忘。千里孤坟，无处话凄凉。纵使相逢应不识，尘满面，鬓如霜。夜来幽梦忽还乡。小轩窗，正梳妆。相顾无言，惟有泪千行。料得年年肠断处，明月夜，短松冈。

一首宋词，藏着苏轼的人生。我看到他孤独的背影，在妻子曾经坐过的窗前独坐。凄凉，泪千行。行行都是伤心泪。梦见妻子，坐在窗前梳妆。那扇古老的，宋朝的窗里，是苏轼美貌如花，知书达礼，温柔贤惠的妻子王弗。二人情意弥笃，恩爱有加。人生就是这么无情，在红袖添香夜读书的美满人生里，爱妻的离世，带给苏轼无限感伤。如今的那扇窗里，欢声笑语，赌书泼茶已成过去，只留下孤独的他，成为窗上那个瘦弱凄凉的剪影。一扇窗，有过去的欢乐，也有今天的悲伤，有昨天的相爱，也有今夜的孤单。时间在老，生活在变。窗里，那情，那景，在光阴里，不停地变化着模样，更改着一个人不同的人生。

每个夜晚，我习惯坐在窗前，看书写字。窗外黝黑。我看见万家灯火，在我的窗前一盏一盏亮起，一盏一盏熄灭。一扇窗，窗外是如水的夜色，夜色里流动着别人的人生。窗内是自己安静的身影，与孤灯相伴。我的影，映在窗中。那扇和时间一同行走的窗，陪伴我的流年，或悲，或喜。

我，是别人窗里的风景。别人的窗，也是我眼中的风景。每个人在彼此的窗里，以时光为笔，一字一字书写自己的人生。

冬日里的窗，驻足着童年的天真；唐诗里的窗，飞扬着青春的梦想；宋词里的窗记载着流年里老去的故事。生活中的每一个人，都在自己的那扇窗里，日复一日，上演，更新，续写自己的故事，演绎美丽的人生。

纯净

　　他说，喜欢你干净的文字，纯净的心。

　　纯净，干净的词语，不染尘埃。如水洗的天湛蓝，如海上的日澄澈，如出淤泥而不染的荷圣洁。轻轻诵读，呵气如兰，空气弥漫淡淡馨香。

　　那一日，到照相馆洗几张照片，那个幼童，约莫四五岁的模样，指着电脑上的照片，旁若无人地说着，这张漂亮，那张好看。我回过头去，看着他，笑了。他目不转睛地看着电脑，无视我的存在，挑选他认为满意的照片。喜欢他的童言无忌，纯净的心，吐露出满心的芳香。

　　在街边，喜欢看襁褓中的婴儿。玉般干净的肌肤，没有被世俗蒙尘黑亮的眸子，好奇地打量着行走的人，车子，还有路边的一草一木。抑或，躺在小推车里，闭了眼睛。无论尘世多么嘈杂，与她或他无关。困了就睡，饿了就吃，不高兴了，哇哇哭一场。喜欢看街边很小的狗。一摇一晃，东跑西颠的。这里看看，那里闻闻，时不时还抬起头看主人是不是走远。生怕把自己走丢。因为小，所以纯净。人生下来是干净的，从里到外，一尘不染。可是，在尘世间行走。时间越长，尘埃越多。

　　喜欢白色的花朵。白，纯净。

春天，玉兰花开。我漫步在永定门城楼后面的玉兰花海。有的饱胀得似乎要裂开，有的微张了嘴，也有的绽开两三片花瓣，还有的已经完全盛开。一朵花开，另一朵紧跟其后，你开，我也开。你美，我更美。早开有早开的妖，晚开有晚开的媚。一妖一媚就是玉兰花的春天了。

护城河畔，春天里，眨眼间，下起早春的雪，晶莹的雪花，缀满枝头。一树一树的花开，开在早春的暖阳里。和煦的风吹过，一片银白。砌下落"梅"如雪乱，拂了一身还满。

新春，买了一束百合回去。我要白色，只要白色。纯净。我喜欢。捧着百合，捧着幸福，捧着喜悦。修一修，剪一剪，插在花瓶里，我把春天买回家。百合一朵一朵花开。你先开，我后开。你凋零，我盛开。一朵花开，一缕香。

喜欢北方隆冬季节。清晨，拉开窗帘。刹那惊喜，北国风光，千里冰封，万里雪飘。伸出纤细的手，我的掌心一朵又一朵洁白的花朵，晶莹，薄凉。画淡淡的妆，穿着羽绒服，拿着相机，飞奔下楼。我的身上开满雪花，不停地开呀，开呀。我融进雪的世界，变成一棵花树，开在清亮亮的河畔。

白色，纯净的色彩。人，融进白色，不由自主，轻轻掸落心上的尘埃。心净了，身爽了，走起路来，轻盈的。再沉的日子，也轻了不少。

在公交车站，看着活力四射的少男少女，坐在车站的长椅上，旁若无人地相拥着。懵懂的情愫，爱情，来了。那爱，多像迎春花开。爱情的春天，开在早春草长莺飞的季节。那是他们的初恋，美好的情感。初恋，纯净。因为爱，才爱。他们纯净的心里，没有任何杂质。要爱情，还是要面包。要的，一定是爱情。哪怕，饿死在爱情里，心甘情愿。要的，是爱。除了爱还是爱。你爱我么？爱得多深？比海还深吗？唯有初恋，才会问得这样傻，爱得这么真，这么纯。宁愿坐在宝马车里哭泣，也不会坐在自行车上笑。这，被他们不齿。这样的爱，是纯爱。也许，昙花一现，也许，还没来得及开始，就已经结束。但是，美好，悄然种在心里，一生记忆。青涩的回忆，甜蜜蜜。那是幸福的味道。想起，哦，还有股淡淡的清香呢。只因为，初恋，纯净。那纯净，是低头向暗壁，千唤不一回。

友谊，是纯净的。学生时代真挚的情谊，比山高，比海深。童年时，她哭了鼻子，你递给她一张纸巾，拍了拍她的肩膀，别哭了，这次没考好，还有下次。舞蹈课，你和她相拥着，跳起恰恰舞。你刚中带柔，她柔中带刚。伴着音乐恰恰恰。

怀春的少女有了心事，写在粉色的信笺上，放在抽屉里，上了锁。可是，心里似火。思念断了肠。和闺蜜坐在草地里，告诉她，你喜欢上那个他，能不能替我告诉他，我喜欢他。学生时代的友谊，纯得似水，一起学习，一起玩，一起笑，一起哭。

喜欢纯净的人。不圆滑，不世故。心里有什么就说什么，直来直去，所言即所想。坦率的，正直的，本真的。

纯净，是二月花开，是柳芽吐翠。清凉，圣洁。纯净养人，养心。心底无私，天地也宽。纯净的心，最美。心美，世间一切皆美。

凋零

凋零，很壮烈，很凄惨，很无奈，很伤感。轻吟，清脆得如一片青瓷凋落，一声哀怨，一地冰凉。宛若山中清泉，春雪融化，淙淙流过山涧，绕过树梢，叮当脆响。

它是秋天的。携着秋的萧瑟、雨的冰凉、寒蝉的凄切而来，惆怅，寂寞，孤清。历代诗人，喜好以秋的萧瑟感伤情怀，抒发落寞心境。唯有杜牧在秋暗淡灰色下，提笔写下"霜叶红于二月花"的不朽诗句。霜叶，被秋霜打红的枫叶，比二月的春花还红，还灿烂，还壮美。这是怎样豁达的心境才能写出的俏丽诗句，为红尘惆怅的情怀投下一抹灿烂。

秋是冬天的根。它的凋零，吹开了冬天的雪花。在期盼中冬天冒出来了。一夜间，银装素裹。雪中，天色昏暗，星星点点的雪花，在空中飞舞，轻如柳絮。有时，一大团一大团的雪花，从天而降，无数朵雪花开了败，败了开。空中，开满了春天的玉兰、海棠。阳光一照，雪花轻轻摇落，迅疾凋零，化成春水，孕育早春的花朵。

春天何尝不是一个凋零的季节。这凋零，是稚嫩的，青涩的。早春，玉兰花开，桃花绽放，樱花轻舞。一个清明，一场绵绵春雨，催落了花朵。大把大把的白落了，一树的哀怨。艳粉粉的桃花败了，脏了，枯了。一地的樱花，一片片的叹息。喜欢早春的花朵，它们冲破寒冷，走出暗淡，以身赴死，率先种出希望。点点绿，滴滴白，艳艳红。它生机，灿烂。它去了，又一树的花开了。你来我往，你凋零，我盛开。我花落，你绽开。

早春的花落了，春天的花呼啦啦赶着热闹开了。春天，正式拉开序幕。大地回暖，燕儿归来，一花开放不是春，万花开遍春满园。目之所及，欣欣然的，鲜亮的，春天如热烈的画面，展现在你的眼前。迎春开了落了，桃花开了凋零了，一树的梨花，也融化了，长出嫩绿的叶子。一树树的花落。唯有坚强的月季势不可挡开得到处都是。恍惚间，郁郁葱葱的夏天，火辣辣地来了。

四季的轮回，花朵的凋零，何尝不是生命的过程。

早春，是16岁的花季少女，自恋的，张扬的，青涩的，也是美丽的。即使不那么亮丽，因了青春，朝气，也是抢眼的。回眸，那眼神是干净的，清冽的。青春，终究是短，短得来不及品，忽地没了。腼腆了，不张扬了，高大帅了，阳刚了。稚嫩中带着成熟的味道，浅浅的。一转身，哦，我也曾那么年轻过。年轻真好！可以光着脚在霓虹灯下行走，可以一夜狂欢，可以把头发染成金黄。我就是我的国，我做我的王，唯我独尊。春天，是20多岁的青年，朝气的，蓬勃的。暮春是30岁的女人，不甘的，恋恋地向春天告别。青春，再见，青春，不再。

暮春过后，沧桑的花朵，做最后的挣扎。

三毛，万水千山走遍。在撒哈拉大沙漠生活过的女人。我喜欢她独坐街头，遥望远方的模样。她是一朵秋天的花。经历人世沧桑，初恋的苦痛，荷西的离去。一朵花，承载一生无奈痛苦，以决绝的方式凋零在冬天，留下我的故乡在远方，百唱不厌的歌……她是秋花灿烂，最终走向生命的凋零。这凋零，以最后的华美收了梢。20多年过去，人们记得她，那个叫三毛的女人，那个曾经自闭的女孩儿，那朵沙漠玫瑰。她是杜牧笔下的霜叶，比早春的花艳丽。

凋零，唯美如画。一张摄影作品，一个青瓷碗，还有一枚正在飘落的花瓣。唯美的色彩，生动的刹那。

凋零，蕴涵秋的悲凉，春的绚丽，夏的丰腴，冬的含蓄。它是岁月的佳酿。醇美。丰厚。稳妥。厚重。

红尘中，凋零的是花，不是四季。凋零的是容颜，不是精神。凋零的不是生命，是另一段生命重新起航。凋零，本身就是一朵生命之花。它坚强，无所畏惧，勇往直前。它不感伤，不哀怨。它比春花灿烂，比夏花盛大。因为，生命本身，就是一朵沙漠之花。

过客

> 我打江南走过
>
> 那等在季节里的容颜如莲花的开落
>
> 东风不来，三月的柳絮不飞
>
> 你底心如小小寂寞的城
>
> 恰若青石的街道向晚
>
> 跫音不响，三月的春帷不揭
>
> 你底心是小小的窗扉紧掩
>
> 我达达的马蹄是美丽的错误
>
> 我不是归人，是个过客

　　捧读郑愁予清丽、婉约、华美的《错误》。寂静的夜，我仿佛行走在江南，在青石板铺就的、湿漉漉的悠长小路上。一个头戴斗笠、骑高头大马的剑客，风尘仆仆而来。嗒嗒，嗒嗒的蹄音，敲击着撒满清辉的石板路。楼阁上，窗帷紧闭，烛光摇曳。那个望眼欲穿，等待归人的女子，盼来的却是街边的一个过客。

　　清隽的诗篇，悠远的意境，波动心弦。独喜"我达达的马蹄是美丽的错误，我不是归人，是个过客"。

　　过客，擦肩而过的人，短暂停留的人，相望不能相守的人。

其实，我们每一个人都是别人生命里的过客。你是我的，我也是你的。无论相识还是未识。谁也无法在别人的生命里永远停留。有的，只是路边刹那的回眸，来不及看清，匆匆而过。有的，在人生的某一个阶段相遇，然后，消失。

过客像风，像云，也像雨。

每一个人，就是一个待过的日子，一张即将撕下的日历。过去了，也就过去了。不可能在别人的生命里留存太久。留下来的，不过是寂寞时短暂的慰藉，片刻的回忆。当一切恢复平静的时候，过客真的成了过客。甚至，忘记了他的名字，外貌，曾经的故事。忘记他在你的生命里来过。

生命里的过客真的很多。街边，同窗，邻居，朋友，爱人。真正留在记忆里的，是那些消逝岁月里，触动自己，抑或，重复人生记忆的人。这忆，是夜深人静的思，是刹那的念，偶然的疼。

很久都没有想起他。甚至，几乎忘记他在我的生命里走过。就在这个阴雨连绵、空气弥漫潮湿气息的傍晚，音像店里飘出《便衣警察》主题曲时，他，在多年后，重返我的记忆。一米八的个子，英俊帅气的脸，像极了电视剧里的便衣警察。偶然相识，我走进他的生活。然，他不能走进我的世界。爱，也会迟到。他没有表白，沉默是最好的语言。他走了，宛如一颗流星，划过生命的天空。很少想起他，如果，没有这首歌。

生命里，很多的人如他。

同窗三年，情同姐妹。夜间熄灯，我钻进她的被子，两个人说着悄悄话。她说，如果我是个男人多好。我笑。是啊，你是个男人，我们结婚。青春里的稚嫩，滑进夜色。长大，几年的工夫，再相遇。我看到她浑浊的眼睛里充斥着世俗。寻不到往昔清澈的眸光。没有交集，语言是累赘。匆匆告别，不再相见。

她对他说，如果我死了，你不准再娶，答应我。他无语。这无语很真。她患了癌症，发现的还早。无论娶还是不娶，无语的真实令人敬佩。他30岁，未来人生的路很长。独身，似乎残酷。这份真，我看到人性的真实和悲哀。爱人，在另一半里，失去时痛苦会有，痛苦过后，生活还要继续。旧的生活死去，新的生活开始。如一本书，看了一页，转到另一页。悲伤一时，不会一世。如果，她成为他梦中的过客，那份挚情，已经很深。

青春，如此。

人的一生，经历童年、青年、中年、老年。盼望长大，穿着带跟的鞋子，漂亮的衣服，梳着披肩的长发。盼望遇到爱上我的他，相拥花前月下。盼望他带着我走出孤独。恋爱。几年光景，青春走过。28岁，再回首，青春只有几步。尘世中的生命，青春就是一个匆匆过客。一样的时间，给谁不多，也不少。似乎没有开始，就已经结束。

人，如此。

清晨，烟雨迷蒙。夜间雷雨交加，狂风大作，吹折了柿子树的枝桠。树枝间的小柿子，脱离柿子树高大的树干，孤零零躺在枝间。乒乓球般大小，硬，青，冰冷的躯干，灰暗的肤色。抚摸它冰凉的躯体，怜惜它不能长大。它留恋柿树的怀抱。风雨中，依然绿得滴翠，坚硬如初。命运使然，幼小的它成为柿树成长中的过客，一去不返。柿树看不到它秋天的丰盈。它也看不到柿子树硕果累累的一生。这样的过客，是彼此的，决绝的，凛凛然的。

炎炎夏日，天气灼热难耐。泼墨般的乌云，行走在空中。狂风大作，裹挟着尘沙，吹折国槐娇嫩的枝叶。尘土的味道，叶子的清香弥漫风中。闪电，雷声，随即雷雨交加。黄豆般的雨噼啪而落，风声，雨声，汽车碾过路面溅起水花的嚓嚓声……乌云散尽，太阳冲破厚重的云层。东边的天空,久违的五彩的虹高悬。来了,又隐去了。彩虹,你是天空的过客。来也匆匆,去也匆匆。

爱极了绿叶。杨柳、银杏。绿得可爱,生机勃勃。他们像新生儿般一点点长大,直至郁郁葱葱。走过如花的春,苍郁的夏,迎来斑斓的秋。黄,是秋天的名片。它们招摇着,在萧瑟的季节,挥动着手,告别秋天,也告别它的根。叶,是树的过客,欣喜地来,快乐地去。

人,叶,果,彩虹……一切,都是大自然的过客。匆匆,匆匆,再匆匆。过客,是轻轻的语言,友善的问候,温暖的回眸……也是晶莹的露珠,清香的果,舞动的叶,翩跹的彩蝶……

过客,美丽的风景,动人的旋律。不经意的回眸,刹那的惊心。它是蒙娜丽莎的沉静,是迷雾森林的唯美。

我是你的过客,你是我的过客。我点缀了你的生活,你装饰了我的梦。亲爱的你,美丽自己的外貌,心灵。做一个优雅的过客,别人生命里一段美丽的风景。不经意的回忆,你是那样清丽,婉约。那样如诗如画。

简净

简净。喜欢这两个字。简单的，简明扼要的。是缥缈的云，轻的。是晶莹的雪，亮的。是初春的绿芽，嫩的。是新生的婴儿，纯的。沉重，压抑，悲伤，劳累，遇到这两个字烟消了，云散了。

我是在她的个性签名里看到这两个字。我笑了。一个快50岁的人，流年里，经历那么多的事，痛苦过，快乐过，迷惘过，消沉过。年近半百，忽然顿悟，竟然删繁就简，期待简净了。简净，真的好。做个散淡的人，心清了，气爽了，平和了，岁月也静美了。

隔壁院落，幼儿园的孩童是简净的。你瞧，漂亮的老师在他们的前面，背着手，边走边说，老狼，老狼，几点了？可爱、天真的孩子又蹦又跳又笑地喊着，两点了……老师背着手，孩童跟在后，在草地上慢悠悠地走着、说着、笑着。我坐在秋千架上，看着小可爱们。他们咯咯地笑。清泉似的笑声，惊动了大喜鹊，它不知从哪里飞来，扑棱着翅膀，喳喳地叫，和孩子一起欢快着。我静静地看着园子里的孩子们。他们的眼眸，不染尘埃的清澈，一点儿也不世故，一点也不圆滑。我就是我，本真的。白得就是一张纸。纯得没有一丝杂质。连那娇嫩的皮肤，还散发着甜甜的奶香呢。还有比孩子的简净更令人向往的么？孩子的心就是一个袋子，装满了快乐。你瞧，小东西们在公园里，肆无忌惮地跑。大街上无所畏惧地哭。

没有比这样的简净更令人羡慕的了。小，真好！自由自在。无忧无虑。不沉重，不多愁善感，也没有与人竞争的压力。吃、喝、玩就是生活的全部了。那欢，那乐，那愁，那疼，飘忽而逝。是浮沉，浅浅的一层，轻轻一擦就没了。

他，知名教授，87岁的老先生了。每次遇见，还没等我打招呼，他就微笑着喊着我的名字。临终前，他躺在床上，偶尔清醒的那一刻，还在谈论着学术问题，简单到忘记自己走近生命的极限了。

喜欢这样的简净。单纯的，没有心计的，平易近人的，朴素的，也是忘我的。

爱因斯坦是简净的，他在纽约的街道上遇见一位朋友，朋友见他穿一件旧大衣，劝他换一件新的，他却说，没有关系，没有人认识我。几年后，他成名了，还依然穿着那件旧大衣。朋友再次劝告，他说，这又何必呢？反正这儿的人都认识我了。

简净的背后，是看不见的饱满、厚重。生命的厚度，是后天知识对心灵的滋润。知识，塑造了善良、诚挚、淳朴、单纯、不俗世的心。简净的心，更专一，专一的心，成就一个人。

喜欢简净。心清，心也轻。

友买了一处200多平方米的房子。别墅区。在房价还没有飞涨的时候买的。一进门，我惊呆了。不是房子的大。真的。我仿佛走进总统套间。那是我见到的装修最豪华的房子。一个沙发三万元。连那个窗帘也几千元。我愣在那里。厚重的窗帘阻隔春末夏初的阳光。高高的沙发，坐在上面，总是不如布艺沙发舒适。我不喜欢。这样的豪华压得我喘不过来气。喘不过气的，还有宽敞，但黑暗的房间。每一天，从职场压力逃出来，再跳进另一个压力中，我会崩溃。站在她的豪居里，我格外向往简净了。

一道闪电从天际划过。我突然发现，简净的生活真的好。

闪烁的霓虹灯，是山间的一剪明月。喧闹公园里的长椅，是深山老林中孤零零的山石。鸣叫的汽笛是蛙鸣蝉叫。

简净，与心有关。无论身在何处，心静，无所欲求，是真正的简净了。

我在雪小禅的博客里看到过她居住的房子。和友的房子一样的宽敞。不同的，女作家的房间简洁、宽松，一点儿也不物质。每一个角落都是一景，每一景都充满怀旧气息。我喜欢这样的房间。不奢华，不压抑，普通，但别致。在这样简洁的房子里，她用笔尖舞动每一个字符。舞出青春里的爱情，缱绻浪漫的时光，生活的禅意。

我曾在一个雨天的傍晚到北师大听她讲座。瘦高的她真诚得可爱。从讲座开始到结束，一直站着，有时走到学生面前，听他们提问。她说，我只想做一个好玩的人。好玩。说得多好。好玩，不就是简单中的天真么？一个30多岁的作家，想做一个好玩的人。多么难得。何必假装老成，何必故作清高。天真有什么不好。天真，是一种境界，一种智慧，一种大美。不是想求就求得来的。

喜欢简净的生活。一杯香茗，一剪月光，一本书，足矣。

我，追求简净的生活。人在尘世，心在云中。一滴水能看到大海，一片云望见整个天空。

我，爱着简净的人。这样的人，正直的，安全的，年轻的，平和的。

简净，真好！我喜欢。

笔墨情

书法极美。沉鱼落雁之容，闭月羞花之貌。形如潘安，貌似貂蝉。

暗恋书法。犹如一个极英俊的男子，只可远观。隔山隔水的远。无法企及的高。爱而不得，观，足矣。震慑于中国书法之美，还是去年时，北京故宫博物院。目睹唐寅、范仲淹、苏轼等名家真迹，简直喘不过气来。大美无言，大音希声。展厅不大，唯以静默方式，与古人文字对视。唐寅、范仲淹的字清秀，苏轼的字豪放。文如其人，画如其人，书法也是。时至今日，念起，历历在目。怎样的功力，方可达到其高度。

父亲习书法。自幼目睹其书写。在泛黄的毛边纸上，蝇头小字，书写便条，家中贴得到处是。父亲用毛笔书写家谱，用白色细绳缝制，装订成册。数十载保存，几近斑驳，仍用红布认真包好，小心收藏，从不示人。即使我迫切一睹其姿，他也是开箱解锁，取出后，不忘补充叮咛，小心。不待我认真阅读完毕，急忙要回，放置箱中。族中有人借用，他一概拒绝，毫不留情。家境好转，改用白色宣纸练笔。如今父亲年事已高，每日烧香拜佛，读书抄经，仍是毛笔。古老的书写工具。

我自幼习书法，深受父亲影响。从描红模开始。之后，父亲将欧阳询的碑帖给我，开始练习欧体。那时年幼，只认欧体。不知还有刚劲的柳，舒展圆润的颜，有隶书、草书、楷书、行书诸多门类。我虽倾心笔墨，却无写字天赋，家中姊妹三人，唯有我的字"惨不忍睹"。好书法者，看我钢笔字，说，蛇头鼠尾。乍一看，每个字收尾处，几乎延长无限的远。偶尔认真写字，又惊呼，你是不是练过书法？

痴情笔墨。可惜生性笨拙，清丽的毛笔字无缘接纳我的深情爱意。唯有羡慕写一手漂亮毛笔字的人。

少年时，邻居梅的哥哥擅长书法。每次去梅家，定要去他书房，看他习字。每次必不落空。那时他大约20多岁年纪，面目清秀，以我年幼身材，他高大得很。他的书桌铺满白毡，毡上铺着尺度很大的宣纸，站立书桌前，悬腕练习，大大的字，从笔中滚滚而出。桌前的墙上，挂着裱好的书法。毋庸置疑，定是出自他之手。遗憾年幼无知，学识极其浅薄。我不懂字。唯有静立一旁观字，观得不亦乐乎。面对年轻书生，青春萌动，偶尔浮想联翩。如果长大成人嫁其为妇，红袖添香夜读书，岂不诗情画意？想来可笑，十一二岁，竟然对大自己十几岁的男子徒生爱慕。现今想来，情窦哪里为人开，分明是他笔下流动的书法。

再与书法相遇，恰是青春花季，宛如情人重温旧好。

书法课，高中必修课之一。

柳体、欧体、颜体三大书法体班中盛行。练习柳体的人居多。开课一学期之后，我的欧体看似停步不前。练习柳体之人，初见端倪。学欧几年，虽时断时续，但总不至于落后如此不堪。愤愤然。切不敢声称学欧数载，实在无地自容。天性不足还是柳体成效迅疾？一气之下，改练柳体，一个多月，较为工整的柳，可圈可点。

忆父亲书法，无从谈体。若真要谈，欧体更多一些。父亲常年毛笔写字，得心应手。写对联、便条，抄心经，抄佛书。所用文具，必是毛笔。以毛笔为工具随时书写，在钢笔消逝，签字笔盛行的今日，实在罕见。

班中名为军的女孩儿，少年习字，习的正是柳公权。漂亮的柳体被同学称赞不已。我心悔得不行。练字伊始，父亲出示柳帖于我，现今不也惹来如她一样的艳美目光？

外聘书法教师，年纪很大，精神矍铄，声如洪钟。我们桌前练字，他巡视指导。交上去的作业，红笔圈点。作业旁边偶尔专业示范。欧难，柳易？思忖良久，带着问题前去请教，欧体怎么如此难练，不如柳体成效如此之快？老师告诫，欧体外柔内刚，练的是气韵。我如梦方醒。明白父亲心意。女孩子必要柔美，一旦遇事切不可懦弱，世间生活方可抵御狂澜。柳体坚硬遒劲，自有傲然风骨。但其棱角分明，多直白，少委婉，与人处，难免碰壁受伤。

课中，书法老师提及陈年往事。他说，特殊年代，很多人忍受不了折磨已然离去。他说，艰难困苦之时，告诉自己，要活着，坚强地活着。所以，柳暗花明。他说，练字也是修身养性。

虚荣心作怪。不为修身养性，提高素养，只为炫耀，乃是练字大敌。

练柳新奇一段时间，书归正传，继续练欧。毕竟笔下欧字储存太多时光。任何事物，突破瓶颈，必春暖花开。

很多学生以每周交上一篇书法为负担，有些同学请人代笔。我，不！写一手好字，又修身养性，何乐而不为。

父亲影响，老师教诲，已过不惑之年，时至今日，铭记在心。

偶有闲暇，幽居书房，佛音缭绕，铺纸研墨，纸端留情。心沉浸笔墨间，静心，净心。如果说，年幼习字，因为新鲜。高中练字，因为考核。那么成人后呢？因为喜爱。如今练字，因为修行。

婆婆80有余，也绘画也习书法。老人书法未见其仿帖。少年功夫持续至今。一卷卷的笔墨，端庄秀气。老人聪慧，家中独女，遍地房产，生活富足。然天有不测风云，不幸一岁半父亲去世，被孤独老母拉扯成人，靠卖一处处房产维持生计。高中毕业再没有多余银两坚持学业。婆婆偶然家中闲坐，遇我习字，必要指点。哪个字好看，哪个字笔画欠佳。她三个子女，无一人继承她清秀字体，更无一人爱好书法。见我有心练习，心生欢喜。落地窗下，婆媳二人阳光下共赏字画，已是家中一道风景。在婆婆面前自愧不如，虚心学习，提高修养，终极目的修身，养性，而已。

公园宽阔地，有老年男子拿巨笔蘸水在地上一笔一画书写。水过留痕，风干继续挥毫，旁若无人。我站立其旁观看其一撇一捺一点一弯钩，饶有兴致。

现如今，热爱书法的年轻人为数不多，使用钢笔人数更少。一直敬美，好书法者，或苍劲，或秀丽，或豪放，或飘逸等各种书法作品。

书法乃是熟练工种，几日不练，顿感手腕生涩，笔画欠缺干净利落。虽然坚持习字，仍是青涩。尽管写不出清秀字迹，却仰慕书法修道至高之人。

看王羲之《兰亭序》摹本，褚遂良大楷《阴符经》局部，黄庭坚《松风阁诗帖》局部等书法作品，激动感怀不已。多漂亮的书法！余秋雨先生的书法也好，《炎帝之碑》局部，字字珠玑，流畅，韵味浓郁，大小字体错落有致，如笔墨间奏响的旋律。看书法，听书法中流淌的音乐，赏大小字体舞动的韵律，美哉！

艺术形式很多。音乐、舞蹈、绘画、雕塑、建筑、诗词、电影是，书法也是。书法是沉默的线条艺术，被誉为无言的诗，无形的舞，无图的画，无声的乐。是综合艺术的艺术呈现。台湾著名编舞家、云门舞集创始人林怀民先生用舞蹈演绎行草。抽象的线条艺术，与舞者身体动作完美结合，水乳交融，再现中国书法之美。

所以。所以。书法极美。极端之美。人们爱它，书写它。

而我，在书法的艺术里禅修，只为修出生命里的一丝静气，纯净质地。

咖啡遇见茶

茶

家附近，有一座商务会馆。会馆一层曾经是一座茶社。茶社不大。每次下班从门前经过，里面昏暗，一个个格子间如一大块格子布铺展开来。目之所及也就如此。茶社，有些地方叫茶吧。熟悉茶道的人来开，专业的味道浓了，身处其间也就不一样了。不一样的是感觉，也是心境。两三个人围坐，听着舒缓的音乐，心清澈。喝茶、品茶，品的，也正是这人生的味道。茶道，的确是一门学问。不过，我们不是陆羽，不懂茶经，也就是喝喝茶，享受生活的一份寡淡，意境，放松身心，这也就够了。多年前到黄山旅游，被带去品茶。说是品茶，其实就是推销茶叶。不过，看到服务员熟练地洗茶、倒茶，看着也就喜欢。一个小杯子，一口喝下去，细品。茶香弥漫在口中。是茶叶好，是服务员科学的沏茶方式沏出来的茶香，还是被熟练的、艺术的沏茶方式感染，还真是说不清。总之，每个人都会买一些茶叶。我记得，我买的是黄山云雾。粗大的叶子上凝结雾状的白。那也是我第一次喝这种茶。茶喝下去，的确微甜。

后来，大街小巷，特别是富庶繁华地带，也坐落茶社。一些娱乐场馆，茶吧、茶艺馆开得遍地都是。不过，从未去过。贵。一袋铁观音，在家里足以喝个够。在茶吧可就不一样了。一壶茶，怎么也要200元。喝的不仅仅是茶，还有艺术，禅意，意境。看过茶艺表演，也试图学一学，终究为那烦琐的程序吓得没了兴致。看看可以，学，还是算了。

茶，是中华民族的举国之饮。茶文化糅合了中国儒、道、佛思想，是中国文化的一朵奇葩。我们全家钟情于茶。我喝茶的习惯，得益于父亲。儿时，父亲下班后，沏上一壶茉莉花茶，边看书，边喝茶，兴致浓了，也拿来一个杯子，给我倒上一杯，一边喝，一边给我讲孙悟空大闹天宫。日久天长我养成了喝茶的习惯。后来又嫁了一个爱喝茶的人。他什么茶都喝。花茶，铁观音，绿茶，红茶，岩茶，普洱。我固守花茶。后来为了美容，也穿插喝些红茶。红茶里放新鲜的柠檬片。

家中茶叶不少。茶具也有几套。冰裂纹的，青花瓷的，玻璃杯的。看着盒子里一个个漂亮的茶杯、茶壶，不用，看着也享受。家里来了人，为了表示尊重，特意取出崭新的茶具待客：聊天，品茶。只是缺少了精通茶艺的我，艺术地倒茶。

不工作的日子。每天清晨，一壶茶，一本书，一段音乐，就是我上好的生活。茶，如影随形，是我生活的一部分。

咖啡

现今世界，仿佛是咖啡比茶更流行。记不清什么时候钟情于咖啡。我是从咖啡伴侣开始的。朋友相送。不喝着实可惜。这一喝，喝出了习惯。说来可笑。最初喝咖啡的那几年，我都是用勺子一口一口地喝。喝了几年。即使出入一些时尚的地方，也是一杯杯地喝，真没注意别人是否如我用勺子。看张国立演《金婚》，当他出现婚姻危机的时候，和另一个女人约会。那个女子要了两杯咖啡。他用勺子喝。她说，喝咖啡不用勺子。张国立笑了，说，我还真不会喝这洋玩意。我也笑了。这种喝法，我也土了好几年。从那以后，我再也不用勺子。否则出去真让别人见笑。

单位楼道，每天早晨弥漫咖啡的味道。大家喝咖啡随意得很。大大的玻璃杯，两袋咖啡，一个上午。喝茶有道，喝咖啡有喝咖啡的规矩。一个咖啡杯，一个托盘，一个小勺足矣。不解这种喝法。咖啡不是用来解渴的。喝咖啡喝的是一种情调，小调调没了，咖啡最真实的味道不存在了。

很多文人、艺术家都有自己喜欢的咖啡馆。"如果我不在家就在咖啡馆，如果不在咖啡馆，就在去咖啡馆的路上。"一句有名的广告词，一种浪漫生活的写照。

咖啡遇见茶

先前说的这座商务会馆的茶社开了两年光景，突然停业了。里面开始装修。装修完的茶社改头换面。连名字也变了。"咖啡遇见茶"。当我第一次看到这个名字，我简直惊讶了。多好的，耐人寻味的名字。我试图颠倒词序，茶遇见咖啡。这样一读，韵味一下子没了。还是咖啡遇见茶的语感最好。喜欢的还有绿颜色，很有情调的字体。门口安装了木栅栏，平添了田园的味道。紧挨大门，经营小甜点、冰激凌。这样的装修风格时尚又田园。它，倘若坐落于南锣鼓巷或者后海，也都是不错的景致。是谁起了这么一个独特的名字？我想，能起这么雅致名字的人，一定是不俗的，时尚的，有些文化底蕴的人。

每天下班回家，从门前经过，我都会不由自主扭头观望。咖啡遇见茶。一次次看。越读，越让我生出几分惊艳。喜欢。但说不清的东西在心里荡漾。咖啡，西方文明产物。茶，中国文化结晶。两种文化相遇，诞生出怎样的情趣？我倒突然觉得名字应该是这样的：咖啡遇见茶……一个省略号，看的人也浮想联翩了。

我依然在路过，依然读着它。我哪里是读它，我分明在读自己。我和我自己相遇了，不也是发生了微妙的关系么？我爱着茶，也爱着咖啡。咖啡和茶，已然成为我生活的一部分。鱼和熊掌我都要兼得。那么，好，分开来。上午一杯茶，下午一杯咖啡。茶，苦涩。咖啡虽更苦，放上方糖，也甜了。茶是提神的，咖啡也是。同样的苦，同样的作用，不一样的就是这水里不同地域的文化。我，既要接受中国的茶，也要容纳西方的咖啡。海纳百川。我的身体，流淌中国茶叶千年古韵，怀揣西方咖啡浪漫情怀。两全其美。正如这个明媚的秋日，听着花开见佛的音乐，品着大红袍。下午，站在落地窗前，端着一杯咖啡，赏景。我的生活还有什么可遗憾的。我接纳我自己，我和我相爱。那么，就从这咖啡和茶在我身体相遇开始。

在旅游的车上，我看见了她。她带着外国男友，来中国照结婚照。他们喜欢中国婚纱摄影。多年前，她考入中国名牌大学，选择留学，后定居国外。一杯中国茶和西方的咖啡就这样相遇了。她的母亲一直不能接受她的外国男友。一个喝惯茶的人，突然改喝咖啡还真是不能接受呢。当她看到外国女婿，干净，海蓝的眼睛，笑了。安静的，深情的。两个热恋中的人，拉着手上山下山。天微凉，女孩儿穿得少，他拥抱她，传递温暖。一杯咖啡，一杯茶，两个国度，两种文化，融合得恰到好处。入了乡，随了俗。你随我，我随你。

婚姻里，两个人，一杯咖啡和一杯茶的相遇。不同家庭背景，不同成长环境，不同生活习惯，不同教育内容，或者不同教育程度……相遇，从刹那的惊心，好奇，品味，相爱，结合。两种性格，思想，处事碰撞。需要彼此包容，理解。两种性格取长补短，爱会长久。

与人相处。何尝不是一杯咖啡和一杯茶的相遇？生活里找不到和自己一模一样的人。咖啡里，茶里，是性格，品行，修养，文化。有些人有咖啡的浪漫和清高。有些人有茶的烟火和大气。没有哪个更好。相识，相处。在彼此里，咖啡寻找茶的古韵。茶邂逅咖啡的情怀。无论咖啡还是茶，互补生命中的遗憾，成就自己的完美。咖啡遇见茶，多么好的遇见！

咖啡遇见茶。遇见的是两个字。"文化"。

咖啡遇见茶。爱上的是未知的自己。

咖啡遇见茶。邂逅了生命中的真爱。

咖啡遇见茶。多么美好的遇见！

盼雪

暖冬，雪迟迟未下。干枯的树枝，干裂的土地，盼雪。哪怕零星也好。润润干涸的唇，风干了的脸。风干嚎，愤怒，依然打动不了雪坚如磐石的心肠。依然我行我素。

远方的朋友曾在一天的清晨，欣喜地发来短信说，清晨下起了零星的小雪，薄薄的一层，今冬第一场雪，甚是欣喜。

雪，这是怎么了？缠缠绵绵，飘逸浪漫的她为何迟迟不肯降落凡间？去年立春过后，她不顾桃花落满枝头，疯了似的下了一场好大的雪。古老的北京顿时银装素裹，千里冰封，万里雪飘，分外妖娆。春归，雪至。那是今生我遇见最华美、最壮观的一场雪。晶莹、透明、一尘不染，来也匆匆去也匆匆。她不忍时光抛弃，使出浑身解数，苦争春。她，熠熠生辉，光彩照人。

一个冬天了。无雪。去年春雪，那不是她最后的璀璨。雪知道，人们爱着她，盼着她，耐心地等着她回眸一笑百媚生。也许，她在蓄积，准备着，奉献一场雪的盛宴。

深爱雪。

古人也是。太多赞美她的诗句如雪飘落了一年又一年。"窗含西岭千秋雪，门泊东吴万里船"、"千里黄云白日曛，北风吹雁雪纷纷"、"乱山残雪夜，孤烛异乡人"……在诗人笔下，雪是孤寂，是别离，是哀愁。正如柳宗元的"独钓寒江雪"。天冷，心也凉。雪不来。她是不想给人增添内心凄凉？还是不愿看到人间别离的感伤？

爱过方知情重。她懂。

日光是雪的情人。只是，生不逢时。他来，她去。融化的雪水，是雪伤情的泪滴。一年，短暂相遇，然后别离。恰似牛郎与织女，用365天的思念，等待一年一次一夜的鹊桥相会。雪不来，她愿她爱的人间多相聚，少别离；多欢乐，少哀怨。

其实，在描写雪的诗句中，我偏爱"忽如一夜春风来，千树万树梨花开。"寒冷、萧瑟、苍白的冬日，读到这样的诗句是惊，是喜。春风一来，所有的梨树开了花。冬天里的春天，素洁的春天，一点儿也不妖。清丽得可人。雪花飘落也是春。别样的春天。

一直有个心愿——煮雪烹茶。

唐代白居易有诗云："吟咏霜毛句，闲尝雪水茶。"喻凫《送潘咸》也有诗云："煮雪问茶味，当风看雁行。"可见，雪水茶早有历史。《红楼梦》妙玉奉茶，收了梅花上的雪，埋在地下，沏出来的茶，茶香清透。想来，雪水烹茶自有美妙之处。

盼雪。

夜浓，屋内灯火阑珊。银碗里盛雪。放在灶间加热。雪遇到热，慢慢融化成水。烧开。取青花瓷碗，放几片上好茶叶，倒上雪水……

煮雪烹茶。浪漫的一件事，说给他听。他摇摇头，雾霾天，雪不再清澈，熬出的水，怎么能喝？

煮雪烹茶。哦。想想罢。

去年春雪。护城河畔。一个人踏雪寻花。立春，粉色的桃静静开。却被突如其来的雪抢了风头。花瓣上一堆又一堆的雪，安稳仁立花朵上。白中透粉恰是好看。玉兰冒出了头，头上点缀着雪花，亮晶晶的。南方的女子踏雪寻梅。北方的女子，寻梅不得，寻的是雪中花。

冬天，雪来。我时常独自到家附近的街心公园赏雪。雪后清幽。塔松落满沉甸甸的雪花。轻轻一碰，扑簌簌掉落下来。阳光在头顶照耀。雪花悄然融化，一滴滴落在雪上，敲了一个个黄豆大小的水洼。雪的眼泪。我想。她在和日光吻别。

每年的冬天，雪都会来。每年的冬天，雪多次来。或大或小，或轻灵或厚重。雪属于冬天。冬天是雪的家。快春节了。人们都提着大包小包的行李赶往冬天的火车。雪，怎么迟迟不归呢？人们翘首以待。等待迟归的雪花，等待天上人间的团聚。

雪，何时归？何时归？

留白

留白，是绘画作品中，为了画面尽显天地之宽，有意留下的空白。

看清朝，石涛《陶渊明诗意图》中《悠然见南山》。整幅画中，画着远处的山，近处的垂柳、竹、茅草屋、野菊、隐居山林的陶渊明。还有，成片的留白。绘画中的留白，方寸之地云雾缭绕，宛若仙境，天地之宽阔尽在作品中。

欣赏几幅古画，云雾之缥缈，水之浩荡，风之迅疾，均在留白之中。喜欢山水画中的留白，更喜欢"留白"二字带给我的寂寥、空旷、无声的美。留白，无画处结成妙迹。一个"白"字，是风，是云，是水，一切的意蕴皆在一个白里。它内敛，它含蓄，像一首无字的诗。

留白是绘画的一种技巧。中国的山水画需要留白。人的一生，也是需要留白的，有留白的人生是幸福的。

生命是一幅由岁月组成的人生画卷。这幅画卷，有的人很长，有的人很短。无论长短，都是定数，我们无法预知。在能够感知的生命里，我们用儿时的童真，少年狂傲的青春，青年时代的搏击，中年的忙碌，不停地在人生的画卷上，挥毫泼墨，马不停蹄。忙碌中，我们没有进行色彩的调和，没有构图的精准，没有细致地绘画。一幅生命的画卷，任凭我们随意涂鸦，经过悠长岁月即将封笔的时候，华发染上两鬓，我们已经在不知不觉中，走到生命的暮年。再回首，那幅画卷，已经完好地摆在我们面前。这是一幅怎样的画卷？它凌乱，嘈杂。你寻不到一处小桥流水的清幽，山水田园的静谧，邀月共饮的闲情。生活似乎还没有开始，就已经接近尾声。遗憾，后悔莫及。无法修改，无法撕碎重新描绘的画卷。只因为这幅画的名字叫人生。

这是一种什么颜色的人生，唯有灰，道尽一生里虚度的美好时光。忙碌是为了享受，享受是为了更好地生活。现实生活，我们的生命里，写满了忙碌。我们在用一生的奔波，虚度本应享受的生活。时间是裁判，我们奋力向生命的终点冲刺。过了一天又一天。"学而优则仕"不一定幸福，"安贫乐道"不一定不幸。我们只是在忙碌，为了生活。在多重生命的角色里，我们是伟大的，在自己的生命里，我们是悲哀的。有几日的人生真正属于自己？我们用今天复制昨天，明天复制今天。一生的时间，真正过了几天呢？这样喧嚣的生活，我们想过自己幸福过吗？

所谓的幸福，不是饭桌上的侃侃而谈，不是名车别墅，不是地位名誉。外化的幸福属于别人的眼睛。被别人羡慕的生活不是真正的幸福。幸福在心。那是心里的一种感受。它是心灵的自由，是精神的富有与高贵。陶渊明隐居山林幸福吗？他没有名车别墅，不要腰缠万贯。不言而喻，他是幸福的。他归园田居，回归自我，回归田园，天人合一，真正抵达自己的内心。心灵的自由就是人生的大幸福。幸福是什么？是"榆柳荫后檐，桃李罗堂前"；是"乐琴书以消忧"；是邀月共饮一杯酒的闲情；是静听花开花落的雅致；是坐看云起的逍遥。

静下心来，我们的人生画卷里，有多少留白。所有的留白处，已经被世俗生活填得满满当当。忙啊，成为我们对生命的一声无奈叹息。这无奈，这沉重，是琐事羁绊了我们的自由。我们还不能够跳出俗世的网，还心灵本来的面目。

生命的留白是一种智慧，这种智慧，就是幸福。学会给自己留白的人，是一个智者，一个幸福的人，一个精神上的贵族。

我喜欢那些放得下生活，背起行囊，看山看水，看花看草，看云看飞鸟的人。他们活得自在，洒脱。活出了生活的一种境界。人生很苦。从来到世间第一声啼哭起，我们就背起行囊，行走在生命的旅途上。一路生活，一路捡起沉重放进行囊。还没有好好享受生活，年迈了，背驼了，腰弯了，脸上爬满沧桑的皱纹。

时常想起一双手，那双手，在生命即将终结的最后一刻，紧紧地抓住活着的人。那双手，是对活着的渴望，对生命的贪恋。命运，无情地剥夺了她活着的权利。一瞬间，她的生命成为永恒。从死亡线上挣扎过来的人，更加珍惜生。只有经历了死，才懂得生的可贵。没有经历过死亡线上的挣扎，也要学会从别人的阅历中好好对待自己的生。

我们何不重新认识生命的意义。职场的压力，生活的压力，淹没了我们多少幸福。我们的心灵被放在紧箍咒里，无法自由呼吸。我们还想不起什么是幸福，幸福便已经走远。当你放下身上背不动的行囊，想好好生活的时候，人已经不再年轻。想要追回被忙丢的青春与美丽，早已成为如烟的记忆。留下一个字，那个字叫"悔"。

学会放下。把心托付给白云。在云中漫步，静听风声，雨声。捡拾起生命中的幸福一点一点装进行囊。行囊里的幸福、欢乐很沉，背起来很轻。在人生的远途中，我们用心灵自由地呼吸，观看一路风景，绘画出一幅美丽，如《柳浓风软燕双飞》般清新的人生画卷。

　　人生是一幅绵长的画卷。画卷里的留白，是心灵的自由。在那份自由里，去看一朵花瓣凋零的忧伤；聆听山林里一条小溪的清脆，溪边蝉鸣蛙声；闻一闻野花小草的清香……身边是一壶香茗，一轮皓月，一剪清风，一本书，一支笔。与喧嚣别离，与寂寞相爱。这样的留白是删繁就简。这样的自由，是诗意的栖居。这样的心灵是精神的丰富与高贵。

　　做一名智者，给生命留白。留白，是一种境界。人生的大美就在一个"白"字里。

陌生

陌生。又轻，又深邃，又朦胧。像江南的梅雨，湿润，缥缈，婉约。

喜欢陌生。公交车上、街道、书店、咖啡厅、面包房、画廊。有人的地方，陌生存在。陌生的面孔，面无表情，四目交汇，稍纵即逝。偶有心动，也只是一个刹那的惊心。你不认识我，我不认识你。陌生下的疏离，安全，私密。喜欢陌生人嫣然一笑。即使三九的寒冬，也春光明媚，阳光了心。

每次乘车，经常遇到那个男子。同一站上车，同一站下车。不说一句话。熟悉，对，熟悉。熟悉的是面孔。偶然在街边遇到，和他并不美貌的妻提着红的、绿的菜。眼神相遇，匆匆而过，互相陌路。他有怎样的故事，怎样的人生，在那个高大的写字楼里从事什么工作？陌生，带着揣测，很美好。

北京，雪花如絮，漫天飞舞。在书店买了一本书。素黑的《自爱，无需等待》。陌生的作者，陌生的书名。一层薄薄的塑料包着。在车站等车，看封面，看封底。一个老者过来等车。她说，现在雪小了许多。声音对谁说？我看了看前后。老者自顾自的语言。她站在我身边，说，新买了一本书？我说，是的，刚买的。她说，现在流行看《面对世界》。很火的丛书，72本。我看了看她。怎样的老者，温和，富态，善谈。我想从她身上寻出她的身份，无从触摸。等车的人，回过头望着老者。车来了。她没有上车的意思，我匆匆告别，飞奔上车。回过头，老者沉静地在车站等车。洁白的雪花飘落在她的身上，一朵，一朵。陌生，真好！陌生的心与陌生的心交流。一本书，联系你我。不想知道你我身份，一场谈话足以珍惜在这份陌生里。

每一次订书后，那几天，心里在期待中度过。盼望着，盼望着。像冬天盼望花开，夏天，盼望雪花。捧着送来的书，捧着陌生，捧着丰盈的心境。打开，一本本看着美丽的封面，翻阅着。书，散发淡淡墨香。初相见的欣喜。

友人的婚礼。我与他分开而坐。在新人爱的誓言面前，我向他轻摆我的手，微笑。他懂。旁边的男子，在他耳边低语。男子说，那个女孩儿，不错！你认识啊，给我介绍好吗？他笑了，好。两个月后，我特意给你安排浪漫的相见仪式。两个月后，婚礼上，男子面对穿着婚纱的我和他，重重击了他一拳，埋怨金屋藏娇。陌生，彼此隔阂，又是初相识的美好。

爱情，需要陌生。太过熟悉，魅力隐退。相爱的心不是零距离。不是捧着一颗心来，拿给彼此看。爱情的陌生很温馨。私密给自己。也给对方呼吸。不要问他和谁聚餐，不要问他和谁唱歌，也不要问他和谁郊游。不要过问太多。他就是他，你就是你。婚姻不是监狱。彼此要存有私密空间。爱情是手中的沙，握越紧流失越多。神秘多好，令人向往，带着好奇，怀揣激情。爱情在陌生里，不会随着时间感情老化。给爱一个空间。一个，距离。日常的琐碎生活，爱自己所爱，不要丢失自己，没了自己，爱情走不了多远。爱他十分，留给自己四分呼吸，留给他慢慢认识自己。四分的陌生，牵动爱的心，执子之手，与子偕老。像一本没有看完的书，总有期待的结局。驱车路过陶艺馆。我惊讶地指给他看。他说，你喜欢陶瓷？我说，是的。生日送我一个陶瓷的花瓶，你看，门口摆的那个样子，花瓶上有大朵的牡丹。

认识一个人，不想了解过多。人无完人。世间行走，心底落满尘埃。陌生中的相处，因了陌生，彼此彬彬有礼。尊重在陌生中花开。一旦熟悉，温婉的人，遇事脱不了飞扬跋扈。熟稔一个人，陌生一颗心，淡然处之，心境平和，多好。陌生，安全自己。你是怎样的人，有着怎样的故事，在别人的好奇里，神秘又美好。当有一天，你知道他的小秘密，天哪，他真了不起！惊叹，崇拜，其实就在陌生的朦胧里。雾里看花，越看越美。这就是陌生的魅力。

喜欢陌生，喜欢陌生的你。谜一样的色彩，神秘。你是怎样的一个人？一定，很帅。你有怎样的容颜？一定，很美。你有怎样的心地？一定，善良。你有怎样的性格？一定，温柔与儒雅。

喜欢陌生。沉浸在陌生里，沉浸在迷雾里，也，沉浸在美丽的心境里。

暮之花

　　暮之花，夕阳下的花朵，又朝气又绚烂。这是法国舞蹈音乐剧的名字。最初听到这三个字，我一下子喜欢这个名字了。这是六个女人组成的一台音乐剧。老女人了。她们最小的52岁，最大的69岁。舞蹈演员，告别舞台很多年了。舞蹈演员到了30岁，貌似已经不讨喜了。编舞艾维吉尔寻找到她们，组合在一起，编排了一个音乐剧，名字叫作《暮之花》。暮之花，舞者，衰败的花朵。当这三个字连接在一起的时候，你很难与凋零结合在一起。你会想到晚霞，落日，花朵。很美的意境。

　　艾维吉尔年轻时是典型的法国美女，白皙，纤细，美丽。再美丽的尤物，岁月也是不留情的，它不会因为你的过分美丽放慢脚步。和世间所有女人一样，艾维吉尔被时光留下了痕迹。她说："十年前我走在街上还会有男人看我，而现在彻底没了。于是我想，他们为什么不能再看看女人呢？为什么我们不能让年纪大的舞者留在舞台上继续表演呢？"这就是巴黎女人，很坦率地怀念男人的欣赏，也希望年老的她们依然令男人赏心悦目。于是，她寻找舞者，导演了这样一台关于衰老的舞蹈音乐剧。

　　这台舞蹈音乐剧，展现了女人们面对容颜的衰老，从容、幽默、自信的心态。她们的服装是各种绿色。生命的，充满活力的色彩。那是衰老的她们对生命的留恋与渴望。"皱纹！你越是笑，它就越明显。最好是板着脸，谢谢！"。"还有这些斑点。你知道他们怎么叫它们吗？——'坟墓上的花朵！'"雀斑，坟墓上的花朵。男人的比喻，流泻在女人幽默的语言里。抛开坟墓，只想花朵，比喻的真好。第一次有人把雀斑形容成花朵。乐观的心态对待不美的事物，不美的也美了。法国女人的浪漫、幽默彰显在这句句独白里。她们鼓着腮，瞪着眼，做着各种夸张的动作。在台下观看的你，一定会忘记她们的年龄。

暮之花，一台独特的舞蹈音乐剧展示了曾经美丽过，灿烂过，鲜花簇拥过的舞蹈明星，在人生的暮年，重返生命的舞台，演绎衰老的故事……

老，并不可怕，生命不会因为老而停止，日子还要继续。年轻，是在岁月里索取的。年老，是在岁月里收获的。正在老去的生活，过得鲜活，轻松自在地生，是最好生命的状态。心境取决于生活的态度，生命的质量。舞台上那些曾经光鲜过的生命，在经历今天的衰老。尘世间生活的，平凡的我们。同样不可避免等待抑或正在苍老。

老，不可抗拒。无论美丑。正如花朵，有的春天绽放，秋天凋零。有的开放在春天，凋谢在春天，如昙花一现。生命的时日有长有短，这是定数，无法左右。不可抗拒生，同样不可抗拒死。自然的规律。当第一根白发悄然出现，老，开始侵袭了你。想躲也是躲不掉的。你只能静静等待。无条件接受流光抚摸你，雕刻你，直到白发染了你的头，皱纹爬上你的脸。

和朋友到公园散步。在湖畔，遇到一群摄影爱好者。男人拿着相机拍照，女人是闪光灯下的模特。那些女人们，浓妆艳抹，五六十岁的样子。她们穿着纱裙，带着漂亮的围巾，打扮得很时尚。并不美丽，与岁月雕琢无关。但她们的自信，对生活的热爱感动了我。她们坐在石凳上，或者站在湖边，或者甩着一头染黑的发，摆着各种姿势，大方地拍照。很自信，很洒脱。特别是一个女人，从后面看，超短的裙子，绾着黑色的发髻，打扮得像一个小姑娘，转过身来，怎么也有50多岁。我和朋友一直看着她们拍照。我看呆了。我看到未来的自己，我在想，生命，老了，也可以这样美丽，也可以这样，如年轻人一样鲜活。生活里，沿途，我观赏过无数的美丽，然而那天的风景，却挥之不去，敲着文字的今天，仍历历在目。因为那是我看到的最美丽的风景。风景里，载着生命的律动——《暮之花》。

看张允和老年时期的照片，穿着对襟，藕荷色，黑色盘扣的衬衫，满头白发，戴着一个发夹真是好看。那一刹那，年老的你，不会再羡慕年轻的美丽。年轻的你，不会为年老恐慌。年轻有年轻的美，老有老的韵。活泼开朗，好动幽默，爱好昆曲，坚持每天习字的她曾说，最喜欢由绿叶变成红花的枫叶。说得多好。绿叶变成红花的枫叶，正是一个人生命从年轻走到年迈的过程。经霜打红的叶子，更鲜红，更生机勃勃。张允和喜欢苍老，渴望苍老，愿意自己的生命是一片红花的枫叶。她在以一种乐观的心态迎接生命里的秋天。在这不多的几个字里，是她对生命老去的热爱，欢快的，向上的。她是悬挂在枝头的一片绿叶，经历温暖的春，炎热的夏，萧瑟的秋，绽开在枝头红色的枫叶。看到她的照片，你会发现，老也是一种美，那种美是年轻人不能拥有的成熟的韵味。

张允和常说，多情人不老，多情到老人更好。我真喜欢这句话。张允和与语言学家周有光爱了半个多世纪。爱美的女人，是浪漫的，多情的。看了一组照片。老年的他们，白发苍苍了，仍如热恋中的一对璧人，令人羡慕。我从没有见过这样的老年夫妻的照片。热恋，不是年轻人的专利。老了，依然可以相爱。依然可以情意浓浓。婚姻不是爱情的坟墓，不是左手握右手，一点感觉都没有；不是没有爱情，只剩亲情；不是搭帮过日子。美好的婚姻是爱的天堂。以什么样的心态经营爱，就收获什么样的婚姻。老了的，不是年龄，不是爱情，是心。心老了，爱情跟着就老了。

暮之花，老了的花朵，最妩媚，最妖娆。

暮之花，不老的是爱情。多情到老人更好。

暮之花，真好！

日常

日常，一个日子，又一个日子。寻常的日子，匆匆的，妥帖的。很烟火，很脚踏实地。

居住在这个城市，享受日常。

每天清晨，早早地起床，洗漱，化妆，一份可口的早餐，收拾餐具，然后急急地乘上拥挤不堪的地铁，换乘。地铁上，更多的面孔，年轻的，中年的上班族，面无表情注视前方。抑或，耳朵里插着耳机，听着歌。或者拿着手机，看着未看完的电视剧。独自的。一个人的欢，一个人的喜。一个人的愁，隐蔽的。爱情，亲情，友情，工作。

日常还是。大清早坐在楼前的老年妇女。每个人坐在矮矮的凳子上，手里摇着蒲扇，围成一圈，尽兴地聊着天。张家的儿子不孝顺，李家的女儿要成婚，房子的装修，谁谁生病住院……所有的日常来自生活。亲身经历的，道听途说的，一个个谈资填充着每一个日子。远远地看见行人，齐刷刷的目光注视着你，直到走出她们的视线。尽管不认得你，几天的工夫，你住在哪栋楼，你和家庭成员的关系，她们早已心知肚明。

黧黑、粗糙、健壮的中老年男子，穿着暗色短袖，短裤。长裤的挽着裤腿。聊天者几个人围成一圈，脚边放着一个长满茶锈的水杯。大声地侃着，调笑着。嘻嘻哈哈满不在乎的样子。嚷嚷呵呵地抬杠。他们绝对不会追随你的身影，自顾自地沉浸在他们侃侃而谈里。

三个一群，两个一伙儿，七八个人乃至近十人一圈，成为日常清晨的风景。那是久违了的老北京的风景。

六月初，南锣鼓巷，我看见斑驳的红漆大门前，槐树下，石台上，坐着两个老者，一个穿着白色背心，一个身着青色衫子。两个人目视前方，聊着不远处中学即将迎来的高考，聊着那些上"战场的孩子"，还有同样备受煎熬的父母。不容易啊！听着旁观者的感叹，我笑了。地道的北京人。久违了的北京方言，十足的儿化音。很少听到这样的北京语言。我的耳边充斥了规范的普通话。在老北京的胡同里，在日常里，我听到陌生而熟悉的声音。格外亲切。我想到了那些穿着黑色布鞋，穿着白色对襟棉麻衬衫，提着鸟笼悠闲自在的老人；想到茶余饭后街边聊天的人们；想到昏黄的街灯下，撅着屁股玩弹球、贴画的男孩子；想到老北京的胡同里"跳房子"，玩砍包，跳皮筋，梳着小辫子的女孩子们；想到站在自家门口扯着嗓子呼唤孩子回家吃饭的母亲；想到春节暗夜下北京街头提着灯笼找舅舅的孩子。想到……那是我幼年时对老北京最深刻的记忆。

走出小区，高楼下，一大片空地。台阶上三三两两的人坐在那里纳凉。提着红的绿的菜的人们，放下鲜嫩的菜，歇着脚。批发冰棍，卖卫生纸的，临街摆上了摊子。穿着白大褂，拿着推子，剃头的男子，专注地给没有审美要求的过路人剃着头。年长者看着自家的孙子，左一个小心，右一个小心。

自由市场五点多钟开始热闹了。红阳伞搭起来，不一会儿的工夫，遍地都是。门口散发小广告，海景房，看房免费。早点摊一个又一个，人们排着队买油条和豆浆。这是老北京最通俗的早餐了。还有那些坐在摊位前，熙熙攘攘的买菜人群里，津津有味地吃着早餐的人们。这景，要有多烟火就有多烟火。

自由市场。卖服装的，花卉的，瓷碗的，针线的，宠物食物的，筷子的，加工被子、床单的，卖粮食的，卖鱼的，鸡蛋的，水果的，蔬菜的，馒头、面条的，熟食的……一个正在加强管理，修建的露天综合市场。它满足了新住户生活需求。人们不必每天坐三站地到大型超市买菜，完成生活需求。自由市场，一个最日常，最便捷的地方。这里，蔬菜又新鲜又便宜。小商贩的摊子一字铺开，随手递给你塑料袋子，你任意挑随意拣，过秤，交钱。不忙的时候，见你犹豫，便宜两三毛钱。而市里，菜贩决不讲价，该多少是多少。除非菜蔫头耷脑，不便宜也不行。

自由市场从五点多钟一直忙到中午。下午，中间摆摊子的人像水蒸气一样全都蒸发了。一个不剩。询问过。商户说，下午人们购买力不行。一个下午也就赚二三百块钱。

最日常的还是那个加工被子、床单的。小房子里摆满各种花色布料。女人随和淳朴。选好布料，不用交押金，做好打电话给你。信任多好。不担心你食言，不再要你加工的东西。她信任你，你，还有什么理由不接受这份信任。信任成为最日常的情感，因了信任，连日常都是美的。

傍晚。七点开始。小区里步行的人渐渐多了。一个人，夫妻两个人。一个小区，走一圈十分钟。人们快步行走，健康身体。天渐渐黑了。老头光着膀子拿着扇子，在躺椅上听着京剧纳凉。广场上，音乐响起来，伴随着有节奏的音乐，女人们跳操健体。旁边的健身器材，一群孩子在上面玩着，乐着，喊着。草地上，年轻男女喝着啤酒，烤着串，吃喝说笑。

高层住宅楼，窗口里的灯光，一扇扇，次第亮了。一架架银色飞机，轰隆隆的，从天空划过。机身上的灯火，萤火虫般，一闪一闪。日常还是，一个个的夜色。

夜深了。远处的军营吹响熄灯的号子。住宅楼里的灯火，听了召唤似的，一盏一盏地熄灭了。夜，沉了，静了。偶尔听见蟋蟀低吟。一个日常，过去。

日常是一个个普通的日子。这日子，一个日子复制另一个日子。老了光阴，老了容颜。这样的日常，是真实的艺术，行为艺术。它真实，普通，安稳。我喜欢这样的日常。贴近人心的，温暖的，生活的。

初心

　　我是在这个春天的早晨遇见了这个词：初心。两个字，一个词，刹那的惊心。好干净的词语，像极了邻家新生的婴儿娇嫩可爱，连夜间的哭声，也纯净的恰似山间流淌的小溪，明亮亮的。

　　初心，最初的心愿。它是新春柳枝抽出的嫩芽，是暖春含苞的花朵，是悄然融化的春雪。这初心，欣欣然，一撇一捺写进美好。初心的花是鲜的，情是纯的，色是白的。它是春暖花开，是冬天雪的晶莹。它不会是夏天，一定不会。夏在春的孕育中成长，它以一颗鲜美的心来，途中落下现实的尘埃，更不会是秋的厚重，一番人生经历后，成熟与稳重。这初心，轻轻的，纯纯的，是16岁花季的少男少女，心里，装着未来的梦，藏着浅浅的心事。那梦，是美丽的；那心事，是私密的。

　　初心。看着这两个字，我看见自己少年的梦想，看见恋爱季节的美丽，看见俗世中的爱情。轻抚这两个轻灵的汉字，字是薄凉的，情是温暖的。最初的心愿是与你同甘共苦，白头偕老，相濡以沫。最初的心愿，爱你一生一世。最初的心愿，不求同年同月同日生，但求同年同月同日死。初心，傻傻地天真。爱了，不顾一切地喜欢。初心的情，的确有些恋意了。

　　想起她的爱情。她和他，邻家有男，又有女，初长成，青梅竹马。同一所中学就读，同样的优秀，双双考上大学。后来，一个硕士，一个博士。两个人相爱了，结了婚。他作为人才留京。她随着他迁到北京。异地分居，终于团团圆圆。他有才有貌有钱。在北京房价飙升的时候，买了200多平方米的房子。好日子红红火火。他的身边不乏美女。这样优秀的男子，怎么能没有人爱呢？她有些担心。自己除了给他一颗心，不如男人优秀。男人说，放心，我在别人眼里，未必如你眼里那样好。若有女人，看上一个已婚男人，这样的女人我能喜欢吗？生活，是要遵循原则的。违背原则，就违反了做人的准则。违背做人准则的女人，不会是好女人。我们听着她给我们讲博士的爱情观，感受着他们的爱。两个人相守。男人回家做饭，女人收拾房间。周末两个人公园散步。都说有钱的男人就变坏。有钱又忠于爱情，这样的男人，怎能不令人敬佩？在物欲横流的今天，在社会复杂喧哗的生活里，保持爱情的初心，实在难得。

初心，是相爱的那一天，握住对方的手，执子之手，与子偕老的誓言。是山无陵，天地合，乃敢与君绝的真情告白。

坚守初心，坚守爱情。写下"在天愿作比翼鸟，在地愿为连理枝。天长地久有时尽，此恨绵绵无绝期。"的白居易。哪里是在写唐玄宗和杨贵妃的爱情。他分明也在写自己与湘灵有缘相爱，无缘相守的痛苦。长长的叙事诗，若没有真情实感，没有彻骨的痛，感情怎能一发不可收，洋洋洒洒写下《长恨歌》长篇诗句。如果说陆游和唐婉的爱是不幸的，相比较而言，白居易与湘灵更不幸。至少，陆游和唐婉相互拥有了三年。白居易和湘灵苦苦相爱，彼此痛苦。可怜的湘灵，自始至终保持爱的初心，寂寞孤独一生。在湖中，风雨中，与白居易偶然相遇，忍痛告别，和她可怜的老父亲，驶着小船，消失在苍茫天际。

不负初心，说得容易，坚守难。这难，在红尘中经历爱的人，更感动这样的故事。红尘有爱。殊不知，这爱，不经历风雨怎能见到彩虹？更不知，爱情放在红尘中历练，冲破黑暗，见到光明，需要怎样的忠贞？物质的富足，精神生活的贫乏，多少人去寻求另一种虚无缥缈的感情？婚礼上的誓言，又有多少人做到，爱你，一生一世。多少的爱，中途夭折。多少的情，禁不住尘世蒙了尘。爱情，于尘世中的人们简单到挥一挥衣袖不带走一片云彩；简单到几句温暖的语言，就爱上了彼此；简单到没有了原则，没有了责任。初心，很纯，很重，很轻。轻得还没有把爱爱得更深，就已经搁浅。爱的初衷，相守到老，安稳度日。说得容易，做到很难。世事难料。最初的海誓山盟，往往只是一句空谈。即使同一个屋檐下，又有多少情游离在婚姻之外。

我在粉色信笺上郑重写下两个"初心"，一个收藏在日记本中，温暖一路走过来的爱，孕育漫漫人生路上的情。一个送给他，在初心的前面，轻轻添上两个字"不负"。

初心，在这个春天里倾心于这两个字，写下一种情绪，一种美好，一种回忆，一种希冀……

人生有味是清欢

人生有味是清欢。一种人生。

人生有味，说得多好。这味道，甜酸苦辣。这清欢，淡淡的，一点儿不热烈。那是绵延的香。唯有静坐，独处，心沉下，你能闻到那香，空中飘来的，一阵，一阵……

人生有味。这味道，柔嫩的。一定是早春的嫩柳，黄绿的，冒出虫儿般的芽。嫩的刚刚好。风儿一吹，那柳轻舞，在岸边，摇曳。是冒出白尖的玉兰，不多不少，露出一个小头，欲遮还羞的样子。也是街边的迎春。星星般点缀粉嫩的柔枝。只几朵，已然望见整个春天。人生的味道，是青的，嫩的。

人生有味。一定是深山古刹，山涧清泉，白鹭纷飞。是石，山之外大片留白。这味道。是一棵树，你看到一片森林。一滴水，你梦到茫茫大海。一处留白，你望到海市蜃楼。这味道，意境，悠远。

人生有味。一定是微蓝，淡淡的，静谧的。对，是薰衣草的颜色。静的，带着点点忧郁。那点愁，是夜深人静的香。那朵花，是昙花一现的媚。一个刹那，回味，无穷。也是那抹海棠的白，贞静地开，无语胜千言。

人生有味，一定是柳宗元的"孤舟蓑笠翁，独钓寒江雪。"是陶渊明的"采菊东篱下，悠然见南山。"是寒山的"白日游青山，夜归岩下睡。"是杜牧的"白云生镜里，明月落阶前。"是王维的"行到水穷处，坐看云起时。"

人生有味，一定是陶，朴素的，丰满的，沉寂的。藏了千年，包不住的古意，给懂它的人赏。一定是宋瓷。轻灵，单薄，素雅，婉约。如一个穿着旗袍的女子，踩着莲步，缓缓地来，忽地，从身边飘过，轻抿着嘴唇，那笑声，在水样的天空，荡漾。

人生有味。这味道。是无色的水，是清的。是岭的线条，是柔的。是树上的藤，是相惜的。它不是杨贵妃与唐玄宗的爱，轰轰烈烈的开。一条白绫，赐死在马嵬坡。不是李煜与娥皇的情，欢爱后，新颜替了旧容。不是柳永与风月场中的女子，爱一场，挥手告别爱的云彩。也不是梵·高的向日葵，热烈地燃烧。一片，一片。更不是星空，翻滚着，咆哮着，满的包裹不住情绪。它是陆游与唐婉的爱，深深浅浅，一生缠绵。是白居易与湘灵的念，心心相印，地久天长。是宋词的婉约，是江南的小桥流水。

人生有味，是，清欢。

这清欢，是馒头上的一点红。是初春的一丝绿。是冬天的一抹白。那是细微处的喜，心里的浅笑。悄无声息的。唯有心知道。它是轻盈的脚步。是飘飞的柳絮。是拈花的一笑。不是金榜题名时，不是洞房花烛夜，也不是，久旱逢甘露，他乡遇故知。这清欢，薄凉的，久远的，清丽的。

这清欢，是戴望舒笔下，那个撑着油纸伞，身着旗袍的女子，行走在烟雨迷蒙的小巷里，独自，消失在，巷的深处……是席慕蓉笔下那棵开花的树，等待她爱的人从树旁经过，不经意的回眸，一笑……是海子笔下，面朝大海，春暖花开，等待未来的清影……

这清欢，是云水禅心水流山涧的清脆。是睡莲舞进心里的静美。是广陵散缓慢的清幽。是莲叶何田田中，吹箫荡舟的女子。是月光下，躺在孤舟中，安然入睡的老翁。是林间茅屋，与月共饮浅吟独醉的文弱书生。

这清欢，远离繁华城市，走进宁静乡村，阡陌之上独行，赏花望月，回归诗意田园。远离霓虹闪烁，仰望繁星闪闪。寻一群萤火，在身边飞舞成群。烹一盘野菜，斟一杯自酿美酒，独坐院中，邀月同饮。吹一曲洞箫，与虫儿低语，聆听林中鸟儿欢畅。这田园，就是，清欢。很独自，很寂静，很诗意，很纯净。

林和靖是清欢的，独居深林，以梅为妻，以鹤为子。陶渊明是清欢的，辞官归隐，躬耕田园。于鹄是清欢的，日日与白云相依。林清玄是清欢的，山间独坐，沏一杯上好的茶，独享山之幽静，水之清澈。

人生有味，是，清欢。

这样的人生是孤寂的，与世无争。即使身处红尘，保持独自的那份真，那份纯，那份美。从自然中生，回到自然中去。与花为伴，和树为友，以山水为邻。享受四季阳光，深爱蓝天白云，高山流水。

她，不与众人同。爱着她的爱。孤独，不寂寞。深爱，浅喜。幸福着自己的幸福。你爱，或者不爱我，我都在那里。这清，是欢愉的。这欢，是清澈的。这人生，是有味道的。淡淡的幸福，安静的甜蜜，悠远，绵长。

窗的絮语

窗外是明的。

站在窗前，眼前一片明艳。高大笔直的玉兰，安静伫立于冬日，不经意间叶子忽已金黄，暗的，并不耀眼。因了阳光没有移到树上。

柿子树掉光了叶子，一个个橘黄色的小柿子坚强地在枝桠间招摇，一动不动。冬日里最旺盛的生命，是沉甸甸的柿子。这坚强的果实，一点儿也不畏惧严寒。棕色的树干，金黄的柿子，油彩般静美。我时常想送给自己一幅油画。一棵孤零零的树，树上点缀着零星的小柿子。我，就是那棵孤单的树。柿子，分明是，我心尖的欢，心尖的喜。

北京的国槐依然葱郁，偶尔的黄，零星夹杂其间，如一棵巨大的伞遮蔽了天空。刚刚还是暗绿，一眨眼工夫，明艳艳的一片。阳光拐了一个弯，忽地来了。喷洒在树冠上。

冬日，远处高大白色楼房高处明亮，低处暗色。日光真好！天明，无风，心清爽。阳光似乎隔着窗，投射在我的心里，一片灿烂。雾霾过去。难得蓝天如巨大的丝绒，软的，柔的，没有一丝瑕疵。我抬头望天，高远，清澈，如洗。多日不见。日日的昏黄，遇见久违的蓝欣喜至极。

忙碌间隙，我一个人静立办公室窗前。赏景。

我的窗前，黄、绿、蓝、白。日光是舞台光束，投射在眼前景物之上，暗、明交错进行。一景一物都被大自然雕刻得如此华美。

时间鱼儿般向前游动。日光越来越亮。树绿，叶黄。鲜艳得有些春天。我目不转睛看着树梢头。树冠开始轻摆，我看到了风轻舞。风儿毫不留情葬了叶子，埋了夏天。树下层层凋零的树叶，依偎着，温暖着。它们平整地铺在裸露的，刚刚丰收，一片狼藉的菜畦上，酿造养料，为并不肥沃的土壤输进养液。来年，种下的玉米、红薯、西红柿……再也不会骨瘦如柴。因为叶子，拼了命地凋零，化作养料，一滴一滴，流进果实的根里。

楼道尽头。

紧邻窗前，一棵长势丰盛的银杏树。冬至过后，它哗啦啦黄了。一束一束黄色花束，插在四层楼高的树干上。它是一棵开花的树，开在眼前，我必经的路旁。东边的叶子透明的黄，阳光穿透叶面投射在玻璃上。西面的叶黄着，也暗着。一颗开花的树，每次从它身边经过，我不由自主投以温暖。问候这美丽的精灵。我看着它从娇小的绿芽，一点点长大。从翠绿变成深绿。从墨绿变成金黄，直至凋零。秋风飒飒，我总是习惯拾起一片片落叶，在扇形的叶片上，写上秋的诗句。一年年，一片片，虽然干枯，墨迹犹在。那是秋的记忆，驻足在岁月间。

窗外，无限风景。

自从居住高层。独爱窗外风景。这景，是远处头顶的天。

天微亮，我习惯拉开落地窗纱。

朗日，东边的天空，深灰下是冲破黎明的霞光。深粉的四周蔓延深灰。搭配着实好看。我时常被这奇观惊了眼。站在窗前，眺望染色的天空。天真地惊呼奇美，拿出相机，一天天拍摄霞光。镜头下的美丽画卷，入眼，美心。邂逅霞光，邂逅的是内心的妖娆，一天的好心情。我钟爱晨曦的霞光，它艳，它媚。它披着粉色薄纱，从东边款款跃出。极为壮观。我不能不爱。我的眼睛无法拒绝美丽。

当我飞奔下楼，寻觅霞光踪迹，它恍惚不见。美，一个刹那。想寻也寻不到了。登高望远。这，不仅仅是古人情怀，也是今人向往。独上高楼。日上云头。染了天际。

落日，悬挂在西边旷远天际。书房窗外最美光景。日光一点点西北移动，一点点遁入山中。时而火红，时而金黄，时而昏暗。

深夜，它跑到东边日出，傍晚西边日落。恰似调皮的幼童，蹦跳着戏耍。

爱上窗外的日光，变幻的色彩，景致。一幅幅精美画作。

爱着窗，爱着窗外世界。单位窗外是不多的天，五彩缤纷的树。居家的窗外除了遮挡视线的高楼，还有绚丽的天空。

也爱，我心里的窗。

我在窗内，你在窗外。无论过客还是旧相识，无一不是我窗外的风景。匆匆或者长久驻足。一个人是一本展开的书。我迅速浏览抑或静静阅读。喜爱的人，如同一本喜爱的书。相遇知音，慢阅读，温润自己。我读到了善良，感恩，温柔。读到睿智，丰富，高贵。优质的人，一道绚丽风景，一束耀眼日光。我在窗前，读人，赏心。窗外漫进优美旋律，轻缓的，悠扬的，柔美的。心美的人儿，是一首百听不厌的乐曲，越听越愉悦。心美的人儿，也是中国

山水，意境深远。他们是诗，在我的窗前流出动人诗句，是曲，在窗前轻快跳跃……

我欣赏的人，是窗外的天，蔚蓝。是树，金黄。是霞光，灿然……

眼前一扇窗，心里一扇窗。

一切的美，侵略我的眼，霸占我的心。我躺在时光的旋律里，享受静美，诗意。生活，因了景美心美，而丰盛，充沛。

停下匆忙的步履，寻一扇你爱的窗，拿起手中的笔，画出日光下窗外亮丽风景。风景里流动你伫立窗前的心语。

意境，宁静致远

一首古曲。

清泉从山间淙淙流淌，滴落山涧，溅起水花，响声清脆。风儿吹过，如尘的水滴飘飘洒洒，两边的岩石清凉湿润，偶见绿色青苔。山林，古木参天，山石林立，飞鸟啼鸣，松鼠在树枝间欢快跳跃。幽深的林间小路通向林中古刹，在远处，云雾缭绕，若隐若现，宛若人间仙境。夜晚，深蓝色夜空，明月高悬，穿过树梢，月光倾洒在悠悠古道，虫儿低语，宁静迷人的山中月景。

一首古曲，用耳聆听，用心感受。你会听到泉声，虫鸣，鸟啼，看到树木，野花，小草。隐隐约约，暮鼓晨钟，从遥远的天际传来，落在寂静山林，小扣心扉……一首古曲，一幅唯美画面，展现在眼前。这，就是音乐的意境。跳跃的音符，林间舞动，在听者心里，装帧成一幅山水，铺展在眼前。很美。

在如水的音乐中独坐，一杯清茶陪伴，翻阅一幅幅中国古代山水画。明月，山石，云雾，茅草屋，亭台楼阁，古庙，江水，孤舟，老翁，构成每幅古画不同的绘画元素。不同的湖面，同样的意境深远。面对一幅幅作品，凌乱的心，安静了。置身于钢筋水泥筑成的火柴盒里，听不到窗外汽车飞驰而过的声音，楼下纳凉人的谈话，小贩高声的吆喝。人，走进画中。成为画中的人儿：坐在楼台赏月，与老翁一起江中披蓑独钓，躺在山间小溪旁闭眼静卧，在茅草屋前赏花望月，在荷叶漂浮的水上，坐在船中赏莲弹曲……说不出的清寂，旷远。仿佛穿越千年，袭一身古装，回归山林。守着园子，或背上行囊遍访古庙，或登高望远寄托情怀。这独坐，这意境，心博大、深远。

一直以来，我是喜欢油画的。我是被油画绚丽的色彩迷惑。当我开始翻阅这些中国古代山水画，我已经受了蛊惑，不能自拔。我迷恋绘画作品中的意境，心沐浴在自然风光里。心里有潺潺的流水，缥缈的云雾，安静的茅屋，也闻到清新的空气。思绪，在绘画作品中飞扬。看到未曾见过的景物，感受未曾有过的清幽心境。这心境，牵着你，万水千山走遍。烦躁，无奈，伤感的心，只一个刹那灰飞烟灭。你的心干净了，轻松了，无虑了。人生，还有什么过不去的火焰山。你会发现，在大自然面前，人只是一粒微尘。微不足道。和自然界一样，有四季轮回，生生灭灭。那一刻，想远离繁华的大都市，寻一个世外桃源。不再日日马不停蹄。放慢生活的脚步，融于自然之中。不再承受生活的重压，好好享受人生。我们从自然界中来，要回归自然界中去。因为大自然太美，人生太短。

意境，一种感受，一种境界，一种情调，一种诗意。超越时间、空间。心虽小，意境很远。自然景物，浩瀚无边，只在那颗心里。小小的心，承载自然界中一花一草一水一山石一古庙。

读刘禹锡《望洞庭》："湖光秋月两相和，潭面无风镜未磨。遥望洞庭山水翠，白银盘里一青螺。"站在洞庭湖边，天空一轮圆月高悬，清幽的月光洒在平静的湖面，宛如一面明镜。湖面洒满洁白的月光。耳边是贝多芬《月光曲》优美的旋律。远望君山，在夜色中，湖面似盘，君山似螺，高高安置盘中。这是我梦中的洞庭湖，在如水的月光下，清丽，宁静。人未去，心已到。这，就是诗歌的魅力。这，就是意境的魔力。透过文字，一幅绝美的秋月湖光山色图呈现眼前。读了诗，赏了画，静了心。

建筑，凝固的音乐。绝美的设计，安静地盛开在一年四季，成为古老大地上的胜景。

意境，真的好神奇。

无论音乐、绘画、诗歌还是建筑，不同艺术表达形式，同样会说话的语言，带给欣赏人心灵的关怀。这种关怀，是视觉听觉的感受，也是精神的愉悦。苍白的心有了色彩；枯竭的灵魂，湿润了；落满尘埃的心洁净了。这就是艺术的力量。这力量，来自两个字——意境。

意境，刹那的感受，像灵感，不知不觉来了，袭击了你，就像喝了一杯陈年老酒，醉倒在这份美丽的情感里。你的心里，盛着滚滚的长江黄河，落日的余晖，一轮山中明月……一朵花，你看到花的海洋；一株草，你见到辽阔的草原；一滴水，你望到浩瀚无边的大海。那是你飞扬的思绪，浪漫诗意的心境。大美无言，美在心海。

意境是什么？浪漫诗意的生活。在这样的生活里，冰冷的墙体有了温暖，紧闭的房门有了问候，生活的坎坷只是个短暂的旋律。人的生命，不老在美丽的意境里。

她说，退休后，在郊区买一处小院。在院子里，种花，种菜。吃自己种的菜，绿色食品。那种生活，才是我想要的生活。想起陶渊明的园子，方宅十余亩，草屋八九间。榆柳荫后檐，桃李罗堂前。有这样一片园子，房后是榆树，柳树，房前是桃树，李树。诗意地栖居，真好！想象着两鬓斑白的她戴着围巾，在院中春种秋收。坐在躺椅上读报小憩。月下拉一曲高山流水。渴望远离都市的喧嚣，渴望看到园中四季的色彩，渴望每天抬头望天看月，渴望闲庭信步。她梦中的生活，在那份意境里，等待意境与现实相遇，握手。

　　想起儿时，我的家，居住在一个不大的院子里。院子西边是一棵老槐树。绿树葱茏的日子，槐花在风中起舞，满地白色的槐花洒满庭院，泛着甜甜的味道。我时常坐在院中，花树下，读书习字。盛夏，月圆之夜，一家人围坐院中，吃着月饼、西瓜。闻着茶香，品茶。赏月，聊天。盛大的节日，和小伙伴在一起，拿着梯子，在父亲陪同下，坐在房顶看五颜六色、瞬间即逝的烟花。那一切，被时间的长河淹没，如一首诗，一段怀想的乐章，一幅绘画珍藏在人生的记忆里。那记忆，变成勾起我无限遐思的意境。是友人的，也是，我的。遥远的记忆苍老在时代的发展里。我在用今天的艺术，纪念昨日的生活，享受意境，思念过去。

　　意境，真的好。独处一室，享受一份豁达，浪漫，诗意。人在意境里，宁静致远。美好的人生，生命的寄托，从意境开始。

隐藏的霞光

　　窗外，天空泛着朦胧的蓝色。夜还没有完全隐退。阵阵悦耳的鸟鸣驱走睡意。鸟儿的叫声，一阵，一阵。清脆得宛如瓷片跌落；恰似硕大的雨珠，滴答，滴答；酷似纤细的手敲击琴键的清音。懒懒地躺着，享受着远离市区的宁静，聆听熟悉而又陌生的啼鸣，静享在大自然最纯净的乐曲中。久违的鸟鸣，今晨邂逅，一天伊始，在黎明的曙光中赐予我欣喜。

　　起身，走进宽敞的客厅，拉开白色窗纱，无意间，我瞥见了天空一抹穿破深灰的霞光，长长的，彩带般飘逸在天空，晕染了灰色。霞光染紫了灰，红中带着紫，好美的朝霞。彩带中间一条亮色，似飞溅的浪花滚滚而来。紫红、红、黄、橘红、灰。我推开窗户，在晨光熹微中，仰望天空。我的面前，哪里是天空，分明是一幅巨大、壮观的水墨画。东北的天空，深灰。灰色里带着丝丝的浅白，这白着色恰到的好，深灰一下子柔和起来。软软的灰色，轻纱般挂在天际。灰从东北一直延伸到东南，延伸到我的视线无法企及的地方。如海，平静，温柔。北面的天空灰白的，与深灰自然衔接。这，哪里是天空，分明是大海。对，海是天倒过来的模样。天空是海，有海的深灰，那白，不正是细软的沙滩么。我目不转睛地注视那道绚烂的霞光。我知道，那道霞光，是母亲的子宫，正在孕育着一个新的生命。那个小生命在霞光中成长，游动，奋力撞击云层，一下，一下……

很久没有看到这么美的霞光了。很久。我惊异于霞光的美。那是我在城市遍地高楼林立中不能经常看到的景致。不久以前，我居住在一座老旧的六层住宅楼里。白色的建筑，玲珑精致地耸立在二环的边沿。那座小楼，曾是20世纪90年代初一道亮丽的风景。土地征用，城市建设飞速发展，不知不觉间，小楼四周矗立起一座座20多层的高层建筑。六层小楼，井底之蛙般，被压在四面林立的高层建筑里。目之所及，是对面一栋栋高楼，一扇扇玻璃飘窗。我再也见不到初升的红日，璀璨的霞光。即使十点左右的阳光，驻留在房间也就几分钟的时间。遇见霞光，于我，南柯一梦。

猛然间，从云层低洼处跳出一个晶亮的，圆圆的，光芒四射的小东西。她披着轻纱，婉约地从红云的低洼处，迈着轻盈的步子，缓缓地走出天际线。天，渐渐亮了，朝霞，泼墨般染红半个天际。好美的天空。我笨拙的文字无法描绘她的妖媚。大自然的确是天生的、富有才情的画家。她用一双灵巧的手，描绘出一幅如诗、如梦、夺目的风景。在远离城市，高层住宅楼里，我遇到，我生命里最美的朝霞。我，再也不必驱车赶往郊外，以领略霞光的风采。我的窗口，随时可见天空壮美。无论橘红，深灰；无论苍白，火红，它都是一本随时更换内容的画册，美丽我的双眼。

青春花季，爱上了朝霞。在北戴河，我们黎明前起床，相约到鸽子窝看日出。挤进熙熙攘攘的人群，我们翘首以待。东边的天空红了，红得一片灿烂。太阳，害羞得迟迟不肯露出头来。望见的，就是霞光的火红。爱上鸽子窝天空璀璨的红。如花鲜美，清纯靓丽。

天大亮。红霞开始四散，隐退。天空蔚蓝。蓝色里，点缀成片的白。鹅卵形的云朵，精致、洁白。一小片，一小片，拼凑在一起，简直像一个巨大的孔雀尾巴，在天空轻颤。那白，如雪圣洁，轻轻飘荡在蓝缎般的天空之上。

在这个晴朗的清晨，我站在高层住宅楼上，我忘记了自己，我醉倒在霞光里。心儿在彩云间起舞。自从搬进新居，每个夜晚，我时常站在这个窗口，看远处的灯光，天穹之上的星光。远方天际，宛如一条圆弧形的海岸线。夜色里，我时常觉得临海而居。我仿佛看见海岸线上依稀的灯火，如星光一亮一亮。那是幻觉么？我想是的。因为，远方辽阔、深远。今晨，日光下，楼房不远处，我忽然发现一片宽阔的空地，不知不觉间堆砌了两座高高的土堆。一丝愁绪掠过心间。用不了两三年的时间，一栋栋楼房即将拔地而起，遮挡人们的视线。

这霞光，是深喜，也是，我的浅愁……

悠悠古巷情

北京，现代与古老文化完美结合的城市，最具民居特色的，是那些数不清的胡同了。记得儿时，乘公交逛商场，去书店，或者随便地走走，南北东西走向的胡同随处可见。街边的民居大多是灰瓦红门，门前是石墩或石狮。透过虚掩的门，院子里停放着老式自行车，杂物。院中几乎家家都种着老槐树。这些胡同的名字各具特色，劈柴胡同，菊儿胡同，盆儿胡同，力学胡同，雨儿胡同……胡同的名字各种各样，千奇百怪。很烟火，也很接地气。胡同口的墙壁上，用钉子钉着胡同牌，红底白字。每家院门上方，贴着铁制门牌号。走进去，按照门牌号码就可以到达你要去的地方，找到你要找的那个人。狭窄的街道，星罗棋布的胡同，是老北京独具一格的地方。

胡同也是孩子们的乐园。放了学，女孩子经常在胡同里分好组跳皮筋。男孩子趴在地上扇方宝，弹球。童年的快乐在编花篮、"跳房子"里；在男孩子举着竹竿粘知了，捉蜻蜓里；也在邻里之间，你给我一根葱，我拿你家一点盐；你送一些水果，我请你喝一壶茶的和谐里。

恍惚间，一间间房屋拆了，一座座高楼大厦拔地而起，二环建好了，三环开始建……北京旧貌换了新颜。一条条胡同写进老北京胡同文化，成为北京建筑一段历史，一段记忆。你再也听不到稀奇古怪的胡同名字，听到的地名无外乎以桥，以公园，以门，以新建小区命名。那些留下零星的胡同的名字，显得弥足珍贵了。

灰的墙，红的门，狭窄的胡同，街边的槐树，昏暗的灯光，玩耍的孩子，唠嗑的大人，是我儿时对北京全部记忆。在时光荏苒中，当南锣鼓巷成为北京一道风景的时候，我想起流逝在我记忆里的胡同。它离我很近，又很远，像远去的故人，突然的让我想念。

一个人，坐上北去的地铁，南锣鼓巷下车。出了站台，我已经分不清东南西北。我在街边站了很久。除了陌生还是陌生。城市在发展建设中换了容颜。我看不到旧日的模样。尽管我在北京土生土长。遇到老者，满头银发，灰底花衫，直觉是长期居住在这里的北京人。前去问路。热情的北京老人向北指去，你瞧，过马路就是南锣鼓巷。你是外地来参观的？我笑了，不，我很多年没有来，我想随便走走，我说。告别了老人，过了马路，走进南锣鼓巷。

我来，我只想追寻一份儿时的记忆，享受曾经的闲散无忧，追寻逝去的时光。在北京人争先恐后往郊区，外地，国外观光旅游的时候，我选择停留。北京，一座古城，一部历史，我还没有读，读了的，还没有读懂。她需要我走近她，了解她，欣赏她，爱她。记得，我在后海烟袋斜街拍的照片，拿给朋友看。她们好奇地问我是哪个国家的风情小镇。我无语。我们忽视掉身边美丽的风景，轻视，怠慢了她。我们总以为远处的风景才是真风景。忘记了，身边无处不风景。我们失去的，是一双发现美的眼睛。美，无处不在，近在咫尺。

去的还早，人并不多，正是拍照的好时机。一位拉黄包车，穿中式亚麻衫子的中年汉子说，来了也白来，还没有开门。还真是。这里晚间关门很晚，开门也要九十点钟。如果天气尚好，夜间熙熙攘攘，热闹非凡。这也好，人少安静。我不是来逛小店的，我来，看看北京的胡同，我来，追忆逝水流年。

走进南锣鼓巷，似曾相识，街边小店风格与烟袋斜街简直就是姐妹街。不同的是，这里除了小店，增加了许多美食。咖啡店、奶酪店、酒吧。与烟袋斜街相比较，这里，吃，喝，更具特色。

南锣鼓巷，北京胡同的一张名片，当她成为旅游景点的时候，已经不是以前的她。不民居，不烟火，更多的是商业化的经营。老北京的韵味少了，多了时尚元素。这样的变化，适应了北京城的发展，无疑也是胡同文化消失的悲哀。我更想看到老北京人坐在木凳或者石台上，摇着蒲扇，喝着吴裕泰、张一元的茶叶，在槐树下唠嗑；或者围在一起下棋。中年妇女坐在马扎上，安静地钩着桌布，织着毛衣；或者择着菜。孩子们在槐树下玩耍，嬉笑。这样的风景是真正老北京人生活一景，安稳的，平静的。

如果，没有儿时记忆。我会喜欢上她。个性小店，怀旧纪念品，红门灰瓦的建筑。我会爱上很小资的南锣鼓巷。这样的小店是我的最爱。可是，作为胡同文化，当时尚湮灭老旧的气息，原汁原味的老北京特色荡然无存的时候，不得不说，这是城市发展的同时，也在冲击着传统文化。

来得尚早，不过，个别小店铺已经开了门。怀旧的小商品，女孩子拿着爱不释手，惊呼，询问。中年妇女耐心解答。我想，小店是她们的世外桃源。不曾经历的年代，谜一样的色彩。初相识，新奇的，有趣的。经营店铺的大多数是年轻的男孩子女孩子，不曾体会的情感，只能用现代的思维，今天的模式去经营。如果，走过六七十年代的人，经营这样一家店铺，售出的，不仅仅是纯粹的商品，还有商品里难以割舍的怀旧情愫。

我在行走，在追寻，在回忆。一个个竹编暖壶壳，一张张胡同明信片，一个个白色搪瓷缸子，都是一个时代的纪念，一段逝去的时光。

我怀念，槐花飘香的老槐树，北京的儿化音，三三两两聊天的长辈，胡同里的欢笑。我想念，胡同里浓浓的人间真情。我看到自己，坐在红漆门前的小木椅上，看着大哥哥大姐姐，腿盘在一起，一边击掌，一边唱着：编、编、编花篮，花篮里面有小孩……我听到自己的笑声，在胡同上空回荡，回荡……

珍藏阳光

立春过后，春天就来了。天空的那抹暖阳，宛如豆蔻少女，走出闺房，欣欣然张开了眼。站在窗前向外望去，明艳艳的天，水洗般清澈，丝绸般光滑，湛蓝，还携带些许的薄凉。从云岫而出的阳光，像无数条看不见的小溪在空中缓缓流动。清亮亮的。街边的槐树干枯着，冬青瑟缩着，松柏无精打采的。他们的沉睡并不能阻止春天的脚步。人们都说小草是报春的使者。在我看来，是阳光第一个报告了春天的信息。无论万物是否从冬天醒来，看一看阳光吧，她会告诉你，春天，来了，真的来了。

几年了，我一直在阳光中感受春天。只一眼，一个刹那，我惊喜，又是一年春来到。阳光明媚得很，她青春，纯净。哦，那是春天的阳光，妩媚的阳光。温泉水滑洗凝脂。她不像夏天火热，不像秋天凄凉，不像冬天惨淡。一年四季的阳光也是生命的一个轮回。而春天的阳光正值青春年少。冬天还没被寒冷褪去沉重的衣衫，在你被日常乱了心时，她出落得亭亭玉立。猛然间，只一眼，就惊了魂。青涩的阳光，含着苞，待着放，不经意间悄悄地飘落到你的眼前。回眸一笑百媚生了。

走在街边。阳光温柔地倾洒。在树上，楼房上，还有人的身上。用心去闻，清鲜的阳光的味道。那是山间小溪清凉的，水的味道。春天的味道。雪小禅说，春天是用来浪费的。说得真好。你瞧，老人们穿着棉服，三个一群，两个一伙，在阳光里唠着嗑。打他们身边经过，他们好奇地看着你，从西看到东，直到消失。询问，哪家的闺女，怎么没有见过？是啊，大地冬眠了。我也冬眠了。宅在冬天里。走进春天。透明的阳光播撒在心里。心清了，轻了。陈旧的记忆，留在冬天吧。放下一切，包括生命里的美好。记忆封存在陶瓷里，酿一瓶醇美的酒，来年的冬日，守着炉火浅酌吟唱。春天是青春的季节。一年生命的开始。不再年轻的心，回归到张扬的青春里。那颗心，沐浴在柔和的日光下，干净了，轻松了，优雅了。连脚步也轻盈了。行走在鲜亮的阳光里，像流畅的草书，自由奔放。

　　我站在桥头。河面上的积雪还没有完全融化。河面中心两尺来宽的冰面解冻了，弯弯曲曲的河水，缓缓地向前淌着。两边的积雪在日光的照耀下晶莹透亮。照出了雪花清凉的味道。绿色的水，洁白的雪，那是护城河面最美丽的春天。观水台不再孤寂了，三四个小伙子拿着相机拍照，乐呵呵的，一脸幸福。一个新修的观水台，坐落在桥头的堤岸上，城市的喧哗里。半掩的，虚设的门，灰色的瓦一块块落在一起，像一本本的书。中间圆圆的花纹，古典雅致。我站在观水台上，享受早春的阳光。什么都可以想，也什么都可以不想。就这样，一个人伫立在阳光里。两个人站在冰面上，拿着竹竿，竹竿的一头有个漏斗，他们把漏斗伸进水里，捞着什么。我在看，桥头的行人驻足，也在看。唯有这样的春日，人们停下匆忙的脚步，才有如此的闲情雅致。不在乎看到了什么，在于把心沉浸在春天里。晒晒阳光，放飞被俗世捆绑住的心绪。一年之计在于春。春天是播种的季节。洗净心上的尘埃，放在柔和的春日下，播种，耕耘，培育爱的花朵。待到花开满园，采摘美丽的心灵之花，制成佳酿。那是一杯怀旧的美酒，盛满人生的大欢喜。

风，和煦。岸边的柳枝摇曳。一阵惊喜。柳枝泛青？难道是日光迷了我的眼么？我注视着近处的柳，远处的柳。淡青色的柳枝在风中轻舞。春天来了。阳光催开了柳的眼。阳光媚了，柳青了。柔媚的阳光，白色的雪，淡青的枝条，这就是春天了。春天，从阳光出浴的那一天，寒冷的冬天成为过去，新的一年已经开始。

独爱春天的日光。行走在街边，沐浴在春天的阳光下。沉重的心，遇见它，轻了；烦乱的心，遇见它，静了。生命里的春天是有限的。一年年地来，一年年地去，一年年地减少。每一个春天各有不同。每一年的故事也不一样。就像这个春天，在早春的阳光下，我收到他送给我的诗，一首顾城的诗《门前》。

我多么希望，有一个门口

早晨，阳光照在草上

我们站着

扶着自己的门扇

门很低，但太阳是明亮的

草在结它的种子

风在摇它的叶子

我们站着，不说话

就十分美好

有门，不用开开

是我们的，就十分美好

早晨，黑夜还要流浪

我们把六弦琴交给他

我们不走了

我们需要土地

需要永不毁灭的土地

我们要乘着它

度过一生

土地是粗糙的，有时狭隘

然而，它有历史

有一份天空，一份月亮

一份露水和早晨

我们爱土地

我们站着

用木鞋挖着泥土

门也晒热了

我们轻轻靠着

十分美好

墙后的草

不会再长大了

它只用指尖，触了触阳光

他说，很美的感觉。是的，很美。我们站着，不说话，就十分美好。想起那个春天，阳光下，柿子树青涩的季节，我们站在树下，默默相望。所有的爱恋都在无言里。那爱，是轻触阳光的温暖。是一个刹那的幸福。是一片风景的美丽。在早春的日光下，我读到这首诗，曾经的记忆，美好地走进这个春天里。

又是一年的春天了。请你，还有我，打开心窗，迎接一剪清风，一缕阳光。在清风里写下幸福，在阳光里种下温暖，从这个春天开始，收藏起生命里一缕缕的阳光，珍藏……

一角的天空

房间东北角，有一角天空。朗日。黎明来临，涸出深红。天渐渐亮了。彩霞染红东边天际。如水的蓝天，缓缓向东边悄然流淌，蜕变浅黄、粉红。好美的天空。

特别是，黎明时分。天上是粉红色的霞光，粉红里到处撒落深灰。粉红配着灰，格外的美。最美的，安静的霞光的边沿，围绕的一圈灯光，忽闪忽闪的，恰似小孩子的眼睛。我说它是海岸线。真的。

居住这里，第一次发现这角天空，在一个浓得黏稠的夜里，灯光围了大半个圆。站在这角天空下，夜色吞噬了旷野，和远处不高的公寓。像极了海。幽深，宽阔。特别是有风的夜晚。狂风呼啸，夜色涌动，海在狂欢。风中，灯光愈加明亮，光芒四射。

我爱上了这角天空。我的晴雨表。

每个清晨，我都会不由自主望向它。明亮的天，天空的确是美，美得令人窒息。今晨，我站在这角天空下，一边喝着咖啡，一边赏着天空。语言的苍白，无论如何也是形容不出它的美的。还是用我的眼睛记忆，一点点地画在我的脑海里。我时常炫耀，居住高层的好处，登高望远。

走出室外。我的视线低矮。目之所及，冰冷的墙体遮挡住我的视线。墙体里是正在准备施工的校园，还有露出半尺高的远处的住宅楼。见不到霞光了。我注意到很多次。尽管我知道，霞光还在。我失落好久。猛然间，一阵欣喜，西面玻璃幕墙，火红火红的。哦，它穿越而来，映在离我不是很远的，高大的墙面上。

我的车子，驶出园子，一路向北。我把头扭向东面。我迫不及待地寻找。霞光，那不是房间里，那一角的天空么？我看见了，它尾随着车子，飘出来，追随着我的脚步。一片空旷的田野，到处是惊蛰后，正在孕育的生机，干枯的树枝。树梢镶嵌在粉红的朝霞里。天哪，我真的不知怎么来赞美它。任何的文字，在它的美里，都显得如此的无味。

一路，霞光时而出现，时而躲藏。我的心，在失望惊喜交错中颠簸。我担心自己丢了它。我要带着它走。

车子转个弯，向东开去。霞光依偎在我的怀里。公路两侧是芽儿般的路灯。一路东去。灯柱印在了朝霞里。周遭的一切静谧极了。我又恍惚觉得，我朝海边驶去。海。对的。一角的天空变换成雾气蒙蒙的时候。我从桥的低处向高处驶去，总觉得，再往前，就是海了。今晨，怎么，我仿佛重回梦中？做着大海的梦。

然，当我的车子转了个弯再向北时，霞光突然挣脱我的怀抱。到处是高大的建筑，无情地撕扯着霞光，我弄丢了它。

无奈。一丝愁绪掠过。如果有一天，当一角天空外，高楼林立，我再也不能拥有霞光了。不能，站在窗前，与朝霞约会。

天空之美，我深爱。它属于我的眼睛，更属于我的心。心灵的天空。

似乎，朝霞，已是我恋恋不舍的情人。

不，岂止是朝霞。日落也是。

书房。还有一角天空。一扇很大的窗子，宛如一个相框，涂满多半个天空，棕色楼房的一侧。无人耕种的田野。

晴朗的日子，傍晚，夕阳晚照，彩霞满天。那不是我的窗子。墙上悬挂的，分明是一幅时时流动的油彩。我坐在书房里，看日落。天空红得耀眼。红且大的太阳，缓缓移动。深红里无意间涂抹了深灰。红越来越暗，灰越来越深。稍不留神，太阳西斜，咕咚一声，掉进山里。薄薄的黑纱，蒙住了天空，夜来了。

越来越暗。

远方的高楼大厦，次第亮起了顶灯。

远离市中心，灯光稀疏。车也是。像流星，忽地滑向北，忽地飞向南。

夜静，灯亮。天空静悄悄。残月高照。偶然的几颗星星，守着寂寞。小憩。我站在窗前找月亮。一扇窗，深蓝的画布，月如钩，如玉盘。窗里，还有一个看月亮的我。

我的卧室，也有一扇西窗。

夜色沉沉。月亮小扣窗，敲醒我的梦。美好的夜晚，怎么也舍不得睡，我躺在床上看月亮。月亮在走，从南移向北。星星也是，昏暗的，它也走，从北移向南。我爱窗上的星空。静谧，诗意。梵·高的星空，我是不喜的，太过热烈。

一角的天空。东北。西窗。我的最爱。我的，小秘密。

浅浅地担心，也许有一天，它们会离我而去。

而我，唯有用眼睛复印，记忆，将每一个多彩的天空，种在心里。

种天空。

即使，没有一角天空。埋下的种子，依然开出花来。花儿取名——一角的天空。

行思

　　午后，阳光明亮，无风的天少了寒意。着夹袄灰色围巾，一个人走进秋天里。不，立冬以后，应该是冬天了。然，天没有深秋的寒冷，更没有立冬后的刺骨，立冬季节，秋天气候，潜意识里，冬天还没有来。这样的天气不冷不热，散步的好天气。

　　APEC（APEC是亚太经济合作组织的英文简称）会议，汽车单双号限制，车少了很多，北京交通从没有如此通畅。城里的人遇见6天假期，很多人外出旅游。这样一来，车少人也少。原本不很繁华的南城清寂许多。我，偏爱这样的寂静。

　　一个人漫无目的地向北行走。街道两边，种植大叶子树木。那是些什么树呢？白杨树的枝干，但不光滑，阳光下也不耀眼。树冠上硕大的叶子，五角星的模样。枫树么？肯定不是，深秋，枫树的叶子变红才是。很想问问园艺工人，这到底种植的是些什么树。很遗憾，只见树长，不见人浇水修枝。

　　我抬头望向这些树们。它们少了水分，无精打采，有些叶子像是留下被火烧过的痕迹。其实不是。那是叶子随着天气转冷，从叶子的边沿慢慢干枯，从远处看过去，像火烧过的痕迹。我发现，一棵树，南边的叶子干枯最多，接受阳光最多的原因吧。就像冬日雪后，南面的雪最先融化，北面的雪迟迟不肯消融。

王国维先生谈论古诗词时，总用"隔"与"不隔"。我恰恰与南城是隔着的。搬到这里差不多两年了，新居对于我，像一个旅馆。我呢，恰似久居这里的旅客，总觉得缺少了些什么。我是喜欢这里的。早晨看日出，晚上看日落，莫不惬意，我却怎么也融不进这里。我像无根的浮萍，在南城里漂。像一只蜻蜓，点水生活。哎，我这是怎么了？

我走在阳光里。立冬以后，好天气。我不知道要去哪里。我要走一走，走一条没有去过的路，见一见没有见过的风景。两年了，我的生活空间，仅限于地铁与菜市场之间的距离。家，在距离之间。在这段距离里，除了菜，日常用品，我不得不在此地购买。肉类食物，我还是跑到市中心，买个放心踏实。两年，我游动在这样一段露天距离。连我自己也不可想象。

一路向北。长长的红色砖墙里，杂草丛生，褐色枝条散落在空旷的土地上。破败不堪。没有人光顾。一片待开发的土地。自从我搬到这里，这片土地一直荒着。我想走进去，迟疑。

离这里不远的地方有一个街心公园，树木葱郁。远远望去，像一个小树林。我总想进去走一走。他说，不要去，那里偏僻荒凉，不安全。不过，夏天，好奇心驱使，我瞒着他前往。很大的一片林子，临街修建了花园。花园与树木间，修了一条弯弯曲曲的、青石板铺就的小路。安静极了。再往深处走，野草遍地，我怕迷路，不敢前行，只得循着人迹，终于走了出来。

眼前这片被荒废无人问津的土地，除了一条踩踏出来的小路，没有人影，尽管空旷静谧，是我所喜，最终还是放弃。这是一个被迫切断的路口。每天下班，我循着日光行走，在这个路口，向西望去，火红的太阳，躲在远处高层建筑后，霞光万丈，慢慢西沉。我时常在这里停留，看日落，拍照，留下自然光影。别看杂草丛生极其空旷，黄昏，夕阳染红地上的杂草，颓败的美。

一条人走出来的坑坑洼洼的小路，没有人烟。怎么可能有人走进如此荒凉的风景。如果，一个人心田上杂草丛生，不可能有人驻足停留。一个人的悲，一个人的愁，是野草狼藉。独自去清理耕耘。待到山花烂漫时，不愁在别人心中站不成风景。

这样想着，走着。

多年来，我养成了习惯。每个傍晚，曲终人散，整理擦拭内心，清扫尘埃。或者，选择一个人行走。行走中，掸掉心上的尘埃。

在没有交通指示灯的十字路口，我选择西去。一条宽阔、人烟稀少的柏油路。我不知道通向哪里，是否能够一直向西走去。少了植物的街道，两边光秃秃的，了无生气。不容置疑，新街道，新楼房。街边风景，来不及修饰美化。

阳光暖融融。没有可供欣赏的景致。

我听《乱红》。笛子演奏，凄婉悲凉。每次听，眼睛会潮湿。特别是秋天日光惨淡，和寒风萧瑟时。悲情的曲子怎么可以演奏这样的好？穿透灵魂，吹出心底的哀伤。那年夏天，一个20岁的男孩儿失恋，伤痛不已。他说，他在海边，一个人面对大海听《乱红》。我搜出曲子来听，听得要落泪。我记住了这首曲子的名字。黄昏，日光，大海，男孩儿，《乱红》。海边风景，我拼凑在一起。唯美又伤感。

有人说，秋叶比春花灿烂。灿烂与否，与季节无关，与心情有关。杜牧"停车坐爱枫林晚，霜叶红于二月花。"和杜甫的"万里悲秋常作客，百年多病独登台。"心境不会一样。同样景物，心情不同，感受存在差异。这个秋去冬来的日子，我心里的霜叶，无论如何也不会比二月的花还要红。

不愿见人，不想说话。我怪罪于无色的节气了。一直信仰把生活过成诗的我，鲜有情绪低落的时候。苍白的日光，雾霾的天，我的心，被压抑得生疼。我开始喜欢黑夜，喜欢万家灯火的温暖，灯光的明亮清澈。

这个午后，我看到天空立冬的暖阳，我激动了，伤感的心一下子清澈许多。我要走出去。一个人，只一个人。

宽宽的柏油路，人开始多了起来。六层尖尖的小楼，像个小别墅。这样的建筑，已经很少。多是高层建筑住宅区，满足日渐增长的北京人口。小楼一层可以种植花草。如果是春夏多好。可以看看一楼住户庭院里的园子。我想象着，他们的门前庭院，种着一园子的玫瑰。玫瑰的叶子和花朵从栅栏里爬出来，满园的玫瑰，装点他们的园子，也装饰行人的心。对啊，我为何不在我心灵的花园里，种些玫瑰，或者别的花朵呢？抱着一园子的花朵，度过单调的季节，还有什么可伤感的呢？

这样一想，我的心里顿时明亮起来。

在拐角处，街道开始狭窄。我看见了国槐。我仿佛见到了故人。我蓦地发现，与南城的隔，原来，是少了国槐。旧居附近满是国槐。日日相见，年年陪伴。我与国槐共同呼吸，经历日月沉浮。我生长的根，还是旧居啊！那个长满槐树的地方。我站在街角低矮的槐树下，这不是我的国槐，我的国槐，高大葱郁伟岸。每一片细小的叶，游动我的呼吸，树干的年轮，记载我分分秒秒的成长。我移动的不过是我的身体，移不走的是我的心，我小半生的记忆。南城，不过是我人生第二个驿站。

转念。城市建设发展，不可能一辈子守着老屋旧地。无论怎样的迁徙，不可能丢掉记忆，丢掉养育自己的那片土地。就像老父亲，拿起手中画笔，一张张画着他童年老房，河水，木桥，庙宇……

　　我走了很久。

　　街道两边鳞次栉比的装修材料小店，生意红火。街道环境与北城相比，差了几个年代。

　　红太阳跳出来了。大，火红。西边天空火红一片。它一边走一边和我告别，缓慢下沉。

　　我找到回家的路。

　　在十字路口。我突然看见，一大簇百合在街边盛开。我走过去，买了几朵百合回家。我要把百合插在家里的花瓶里，种在我的心田上……

后记

文字里的修行

文友发信息：你是一个优美雅才的女子，多么想见一见你的真容，我想，身边的朋友也想。

我——一个平凡得不能再平凡的小女子，这样真诚的语言，读后感动不已。

人们常说，文如其人。文如其人，人也并不一定如文。我和天下所有女人一样，几十年的时间，用生命诠释女人，扮演不同角色，接受命运带给我的那些欢喜，承受赐给我的无奈与苦痛。

一粒花儿的种子，不遇适宜土壤，拼了命地开，伤痕累累，却承担草儿的命。与其抱怨，不如改变，接受现实，改变自己，做一棵小草，随处欢，随处喜。退缩，何尝不是另一种前进？——花儿凋了，叶落了，草儿依然绿着。即使冬来了，草儿枯了，一如既往，铺天盖地地枯坐着。

活着。健康地活着。在淡薄的世界，深情地活着。

性格使然，我不擅说，不擅交际。与人言，是负担。说和写不一样。写出来的文字，感觉不好，删除再改。语言不可以，说出去的话，觉得欠妥，再想收回，不可以。所以，生活里，少说，多听。

即使这样，与陌生人初见，总会给对方留下印象。赞美，好奇，询问皆有。是我的长发？我的穿着？待熟悉之后，恍然大悟，是身上散发出来的与众不同的味道。而我，并不自知。

——心在文字里养着，举手投足就不一样了。文字和艺术是最好的化妆品。

看书，习字，听音乐，或者到博物馆参观，到美术馆看画展，或者寻访我深爱的古镇。我一向对美丽的事物，情有独钟。除了做好女人，看书是每天必做功课。书看多了，自然而然就有一种表达的欲望。有些时候，内心很多东西，想要表达，又不愿诉说，文字是最好的出口。

除了阅读，我选择了写文，一路写下去，不知不觉，写文成为我的另一种生活方式。心情烦躁，一旦走进文字世界，我的心一下子安静了，心平了，气和了。文字，又不知不觉成为我修行的道场。

那些生命里开出花儿的朵儿们，看到小草诗意地活着，艳羡不已。做一棵小草多好！

这棵小草其实是早春的玉兰，开到一半，遇到异常猛烈的寒风，落了，埋在土里，她再也不愿意做玉兰了，她接受命运的安排，做一棵小草，默默地生，默默地欢。

这是小草的故事，她不愿与人言。

坚持写作五年之久，这五年写了将近70万文字。文友喜欢我文字的唯美，内容丰厚，情思柔婉，笔触细腻，如诗灵秀。我，追求完美，很多练笔，感觉不好，全部删除掉。我要求文字唯美，唯美中，不失深意，读的人要有所得。这本书稿，有旧作，有新作。

一路走来，我看到文字与心灵共长。

我在文字里修行，在用散淡的文字，记录丢失的岁月。文字是我生活的纪念。待年迈，白发苍颜，翻阅这些文字，慰藉。

我是一棵小草。只是。

单薄的。

我从未想过结集成册，从未想过有一天摆在某个地方，等待有缘人。缘分真的像一本书，有缘才会遇到，才会捧读。期待遇到有缘的你，在我的文字里，和我一起聆听花开的声音，品味一句词的曼妙，赏一窗霞光的灿烂，感悟生命的静美……

我们手挽着手，在绵绵细雨里，春暖花开时，白雪纷纷中，美丽地行走人间，活出喜欢的，你想做的那个自己，哪怕是作为一棵小草。

最后，深谢为这本书出版搭建平台的各位老师。诗心将以此激励自己，好好地，做一棵小草。

诗心

丁酉年春　北京